FRANZ-MARIA SONNER, geboren 1953 in Tutzing, lebt in München und Hannover. Er schreibt Hörspiele und Romane und ist Träger des Glauser-Preises. In der Edition Nautilus hat er unter seinem Pseudonym Max Bronski die Kriminalromane *Halder* und *Urs der Berserker* veröffentlicht und wurde mit dem Radio-Bremen-Krimipreis 2023 ausgezeichnet.

FRANZ-MARIA SONNER

Gregor Mendel begegnet dem Schicksal

Novelle

Edition Nautilus

Edition Nautilus GmbH

Schützenstraße 49 a • D - 22761 Hamburg

www.edition-nautilus.de • info@edition-nautilus.de

Alle Rechte vorbehalten • © Edition Nautilus 2024

Erstausgabe September 2024

Umschlaggestaltung: Maja Bechert, unter Verwendung von

»Der Eisenbahnviadukt in Brünn« (Guckkastenblatt)

von Eduard Gurk, © Graphische Sammlung Albertina / Styria

www.majabechert.de

Porträt des Autors Seite 2: © Peter Frese

Druck und Bindung: CPI – Clausen & Bosse, Leck

2. Auflage Januar 2025 • ISBN 978-3-96054-372-5

BEHERZIGUNG.

Feiger Gedanken
Bängliches Schwanken,
Weibisches Zagen,
Ängstliches Klagen
Wendet kein Elend,
Macht dich nicht frei.

Allen Gewalten
Zum Trutz sich erhalten,
Nimmer sich beugen,
Kräftig sich zeigen,
Rufet die Arme
Der Götter herbei.

JOHANN WOLFGANG VON GOETHE

Wenn ich auch manch bittere Stunde
in meinem Leben miterleben musste,
so muss ich doch dankbar anerkennen,
dass die schönen, guten Stunden
weitaus in der Überzahl waren.

JOHANN GREGOR MENDEL

Meine Fuchsiensämlinge pro 1882.
Prälat Mendel (Sämling von der Fuchsia
monstrosa), sehr groß, hellblau und
ins Violett übergehend, stark gefüllt,
regelmäßiger Bau, Sepalen hell, gehoben,
sehr schön und früh blühend.

JOHANN NEPOMUK TWRDY

DIE GASLATERNEN BELEUCHTETEN die Fassade des Wiener Nordbahnhofs nur spärlich, seine Rundbögen blieben in Grau gezeichnet. Die Droschke, die in schneller Fahrt herangekommen war, hielt vor der Eingangshalle. Ein beleibter, schwarz gekleideter älterer Herr kroch mühsam aus dem Coupé, reichte dem Kutscher das Fahrgeld hinauf und winkte einen Dienstmann heran, der an einer der hoch aufragenden Eingangssäulen lehnte. Er kam herbei und hob den Koffer aus der Droschke.

»Nach Brünn?«

Der Angesprochene setzte seinen Zylinder auf und nickte. Unter den Arm geklemmt hielt er eine Ledertasche.

»Dann pressiert's aber!«

Vom Bahnsteig her war das durchdringende Schlagen einer Glocke zu hören.

»Gehen Sie voraus und verstauen Sie das Gepäck! Ich bin gleich da.«

Der alte Herr versuchte mit dem anderen Schritt zu halten. Man sah das Bemühen, man spürte seine Anstrengung: Er reckte den Kopf nach vorne und ruderte mit den Armen, aber der Versuch eines beschleunigten Gangs geriet ihm wegen seiner Körperfülle zu einem Waten.

»Welcher Wagen?«

»Erste Klasse!«

Der Dienstmann stieg die Treppen in der Eingangshalle hoch, die Reisende auf das Niveau des Bahnsteigs brachten, während der alte Herr sich einem der Schalter zuwandte, um das Billett zu lösen. Aufmerksam musterte der uniformierte Kassierer sein Gegenüber und korrigierte die Erwiderung, die ihm auf der Zunge lag, als er hörte, dass eine Fahrkarte der ersten Klasse verlangt wurde, und dann ein weiteres Mal, als er das prächtige Kreuz bemerkte, das seinem Gegenüber beim Aufschlagen des Kragens aus dem Gehrock glitt.

»Brünn, erste Klasse, jawohl, Euer Gnaden!«

Dann rückte er seinen Kneifer zurecht.

»Es pressiert, Euer Gnaden!«

Der Angesprochene schickte einen verzweifelten Blick nach oben und machte sich daran, die Stufen zu bezwingen. Die Mappe unter den Oberarm geklemmt, lupfte er mit der Linken seinen Gehrock, um mehr Bewegungsfreiheit zu haben, und zog sich mit der Rechten am Geländer Stück für Stück hoch. Oben bei den Wartesälen ertönte erneut das Glockenzeichen, der Geistliche erreichte die Abfahrtshalle, wo die den Waggons vorgespannte Lokomotive bereits unter Dampf stand, fauchte, zischte und ihre Pfeife aufheulen ließ.

»Da sind wir!«

Der Dienstmann hob den Arm, um die Position des Waggons anzuzeigen, den der Geistliche zu besteigen hatte. Nur dort stand der Schlag noch offen.

»Das Gepäck?«

»Ist bereits verstaut.«

Ohne auf den genauen Betrag zu achten, steckte er ihm ein paar Münzen zu. Dann schickte er sich an, die Stufen in den Waggon zu erklimmen. Der erste Versuch missriet, beim zweiten ging ein Ruck durch den Zug, der ihn zur Seite warf. Nur die Haltegriffe verhinderten, dass er zu Boden fiel. Beim dritten packte ihn der Dienstmann am Hinterteil und schob ihn wie einen Mehlsack nach oben. Seine Hilfestellung mutete grob an, war aber durch und durch zweckmäßig. Als er glücklich oben stand, drehte sich der Geistliche noch einmal um, schaute auf den Dienstmann hinunter, lächelte und nickte ihm anerkennend zu; dann wurde die Tür zugeworfen und der Zug setzte sich in Bewegung.

DER GEISTLICHE LEGTE seinen Zylinder auf die Ablage, knöpfte seinen Gehrock auf und ließ sich seufzend in den gepolsterten Sitz sinken. Das gelockte, graue Haar klebte nass an seiner Stirn, seine goldumrandete Brille hatte sich beschlagen. Er zog ein Taschentuch aus der Hose, putzte die Gläser und trocknete anschließend sein Gesicht. Er sah sich um und stellte fest, dass er der Einzige war, der erster Klasse reiste. Die Fahrt von Brünn nach Wien und zurück hatte er im Lauf der Jahre vielfach gemacht, allerdings immer in Begleitung. Diesmal musste er alles alleine bewältigen, denn Josef, sein Bediener, war unpässlich zu Hause geblieben. Bei früheren Reisen hatte er sich mit der zweiten Klasse begnügt, aber nun war er nicht nur alt und krank, er fühlte sich auch so und war solcher Erleichterungen bedürftig geworden, wie sie ihm der Luxus des Waggons bot.

In einer sanften Rechtskurve fuhr der Zug aus dem Nordbahnhof heraus und drückte den alten Herrn seitlich in die Polsterung. Bald danach kam der Widerhall der stampfenden Maschine und das Schlagen der Räder aus größerer Entfernung, und man wusste, auch wenn es draußen noch dunkel war, dass der Zug die Donau überquerte. Der Reisende schob den Vorhang des Coupés beiseite und schaute auf das Wasser hinunter, das

sich kaum wahrnehmbar in zähem Grau dahinschlepp-
te. Entlang des Ufers stand der Nebel, der auch die Brü-
ckenpfeiler und Flussauen umwölkte. Dann wurde das
Kreischen der Räder und das Holpern von Stahl auf
Stahl lauter, ein Luftzug drängte heran, der Schaffner
hatte die Tür geöffnet und trat über das Verbindungs-
brett aus dem Freien in den Waggon.

»Herr Prälat, habe die Ehre.«

Der Schaffner lüftete seine Dienstmütze und verbeugte sich. Man kannte sich, das Personal war immer
demselben Zug zugeordnet. Der Angesprochene begann in den Taschen seines Gehrocks zu kramen.

»Lassen Sie nur Ihr Billett, passt schon.«

Der Prälat wies auf den Platz gegenüber.

»Helfen Sie mir: Wie war noch mal Ihr Name?«

Der Schaffner setzte sich an den Rand des Polsters,
um nicht die ganze Sitzfläche in Anspruch nehmen zu
müssen.

»Ullmann, Adam.«

»Richtig. Ihre Frau war doch krank. Ist sie wieder ge-
sund?«

»Danke, ja.«

»Und was macht der Sohn?«

Er legte seine Stirn in Falten und zuckte die Achseln.

»Nur Sorgen! Ob aus dem etwas wird? Ich weiß
nicht.«

Dann stand er auf und zog eine Taschenuhr aus der
Hose.

»Sie müssen entschuldigen, Herr Abt ...«

»Freilich.«

»Wir wären ja bald in Floridsdorf. Soll ich eine Bestellung durchgeben? Nach Lundenburg, ein Gabelfrühstück?«

»Bitteschön! Wenn Sie so freundlich wären!«

Der Wagen ruckte hin und her, bis ihn die Bremsen der Lokomotive zu einer langsameren Fahrt gezwungen hatten. Der Schaffner verbeugte sich noch einmal und trat dann hinaus.

Aus dem Sohn des Kondukteurs wurde nichts. Warum? Abt Gregor faltete die Hände vor seinem Bauch. Frauen, Schnaps, Kartenspiel? Das waren die stets offensichtlichen Verfehlungen, solche, die zur Schau getragen wurden. Diese Personen zeigten kein Interesse an einem rechtschaffenen Leben. Oder waren zu schwach, um ein solches überhaupt in Angriff nehmen zu können. Ließen sich einfach treiben. Trotzdem sammelte sich dabei etwas an, denn sie hatten die Frauen, sie tranken den Schnaps und verspielten das Geld. Schlimmer war es doch, das Höchste zu versuchen, das Beste zu wollen und nichts davon zu erreichen. Den Strebsamen traf das Scheitern mit großer Wucht, er war ihm ausgesetzt, weil er von seinem Einsatz nichts mehr zurückbehielt: Er hatte die gesamte Existenz vertan.

Der Zug fuhr in Floridsdorf ein.

ABT GREGOR SPÜRTE, wie ihm die Tränen in die Augen traten. Er schämte sich seiner Wehrlosigkeit, nahm die Brille ab und bedeckte sein Gesicht mit dem Taschentuch. Das Auge Gottes ruhte immer auf dem Menschen, der Herr wusste alles, trotzdem versuchte Gregor ihn abzulenken, gab sich geschäftig, stand auf, beugte sich über seine Ledertasche, wühlte darin, holte ein Etui mit Zigarren hervor, zündete eine an und hüllte sich in die Rauchschwaden.

Aus ihm, dem Sohn von Anton Mendel, war auch nichts geworden. In eine Position berufen, der er nicht gewachsen war. Dem Drang nach Wissen bedingungslos gefolgt, aber im Dunkeln umhergestolpert. Ein alter dicker Mann. Dazu aufgeschwemmt, abends die Füße so gedunsen wie die eines Elefanten. Das Wasser würde immer höher steigen und sein Herz ersäufen. Bald.

Er zog das nutzlos gewordene Stück Papier hervor, das aus seiner Tasche lugte. Eigentlich hatte er daraus vortragen wollen, aber man ließ ihn nicht. Um die Sachlage parat zu haben, war oben das Datum vermerkt: *Gesetz vom 7. Mai 1874, mit welchem behufs Bedeckung der Bedürfnisse des katholischen Cultus die Beiträge zum Religionsfonde geregelt werden.* Darunter standen seine Argumente gegen diesen *Religionsfond* aufgereiht:

glasklar, gestochen scharf, nicht widerlegt. Bitter war, dass seine Partei das Gesetz im Reichsrat eingebracht hatte, die Deutschliberalen, für deren Wahl er über sämtliche Schatten seines Standes, seiner Konfession und der damit verbundenen weltanschaulichen Selbstverständlichkeiten gesprungen war. Die Sozialisten und Nationalisten lehnte er ebenso ab wie die Konservativen, die das Kaiserreich in seiner herkömmlichen Form erhalten wollten. Aufklärung, Rechtsstaatlichkeit, Presse- und Meinungsfreiheit, vor allem aber die Freiheit der Bildung, die einer wie er so hochschätzte, weil er als Bauernsohn einen steinigen Weg zu Schul- und Studienabschlüssen zurückgelegt hatte. Natürlich waren die Deutschliberalen als frühere Protagonisten der Revolution von 1848 Gegner des Klerus und wollten die Kirche aus den angemaßten politischen Einflussbereichen herausdrängen, aber das war in Ordnung, denn Kirche und Staat hatten unterschiedliche Aufgaben und konnten ihre Wirkungsmöglichkeiten ausreichend in dem ihnen gesetzten Rahmen entfalten.

Ein jeder beschränke sich auf das Seine! Unwillkürlich nickte er bei diesem Gedanken.

Umso widersinniger der gesetzliche Eingriff in die Finanzen des Klosters, das doch selbst für das Auskommen der Seinen sorgte. Dass kirchliche Einrichtungen, die unter staatlicher Verwaltung standen, diese Steuer zu entrichten hatten, war nachvollziehbar. In der Tat mussten die dort arbeitenden Seelsorger angemessen bezahlt werden. Hier floss die Steuer an die zurück, die mit dieser Abgabe gemeint waren, und der

Staat blieb Treuhänder der aufgebrachten Mittel. Abt Gregors Thomasstift lebte jedoch ausschließlich vom eigenen Besitz und seiner Hände Arbeit, kein Kreuzer würde dem Kloster aus dem Religionsfond zugeteilt werden. Zudem sprang der Orden mit seinem Vermögen überall da helfend ein, wo seine Unterstützung nottat. Der Staat verletzte mit dem Gesetz seine Verfassungsgrundsätze, wenn er sich am Eigentum seiner Bürger vergriff.

Das war die Sachlage. Tief ausatmend blies Gregor Mendel den Rauch seiner Zigarre nach oben zur Decke des Coupés.

Als Abt musste er sich dagegenstellen, denn durch seinen Eid war er verpflichtet, den Besitzstand des Klosters zu wahren. Auch wenn er als Amtsträger zu fürsorglichem Geiz genötigt war, hinderte ihn das nicht, sein eigenes Geld mit vollen Händen zu verteilen. Ob es der Brünner Musikverein, die Heinzendorfer Feuerwehr, bedürftige Schüler oder sonst ein Unbemittelter war: Keinen schickte er ohne Almosen weg. Als die hohe Behörde den heftigen Widerstand des geschätzten Abts wahrnahm, gab sie sich geschmeidig, kein Gesetz müsse seinem Buchstaben nach zur Anwendung kommen. Wenn er es nur endlich anerkenne, lasse sich eine großzügige Lösung finden.

Solche Hinweise trieben ihn noch mehr auf die Barrikade. Es ging ihm nicht um die Ausführung des Gesetzes, sondern um das große Ganze, das Prinzip: In einem Rechtsstaat dürfe es in Bezug auf Mein und Dein nur eine Moral geben. Wie konnte man von ihm ver-

langen, die Beraubung kirchlicher Institutionen gut-
zuheißen, selbst wenn man ihm bedeutete, dass der
Diebstahl gnädig ausfallen werde? Die Konventualen
des Thomasstifts waren Staatsbürger wie alle Grundbe-
sitzer und Vermögensinhaber auch, deren Besitz man
niemals antasten würde. Das Kloster hatte ein Recht auf
Gleichbehandlung!

Auf den Rekurs war die Zurückweisung gefolgt,
so oft und so lange, bis die mährische Statthalterei
Zwangsmaßnahmen einleitete. Bereits zwei Jahre später stand die Pfändungskommission an der Pforte. Abt
Gregor empfing sie persönlich und kündigte schärfsten
Widerstand an. Nur mit Gewalt lasse er sich die Schlüssel aus der Tasche nehmen. Die Staatsmacht wich zunächst zurück, einen Kirchenmann zu packen, um ihn
zu visitieren, hätte die Öffentlichkeit gegen sie aufge-
bracht. Erst als der Abt in einem feierlich gehaltenen
schriftlichen Protest ihr Vorgehen als Versuch einer
rechtlosen Konfiskation anprangerte, schlug sie gereizt
erneut zu. Die Statthalterei verfügte die Sequestration
von Kirchengütern; die Einkünfte des Thomasstifts
sollten so lange der Behörde zufließen, bis die Steuerschuld gedeckt sein würde. Abt Gregor war nicht mehr
Herr im Haus.

Über die Jahre fraß sich der Hader nach innen und
begann ihn aufzuzehren. In der bäurischen Schale
steckte ein empfindsamer Kern. Die Unzuträglichkeiten machten ihn krank, Herz und Nieren waren ange-
griffen. Sein Mitbruder und Freund Thomas Bratranek,
den er in diesen Zeiten so dringend gebraucht hätte,

lehrte im weit entfernten Krakau. Der literarisch beschlagene Gefährte hatte ihm Goethe nahegebracht, aus dessen Gedichten er das Motto herausschrieb, das er sich verordnete: *Allen Gewalten / Zum Trutz sich erhalten, / Nimmer sich beugen, / Kräftig sich zeigen ...* Er bot alles auf, um sich daran zu halten, aber eigentlich war seinem Wesen die Redewendung der Bauern gemäßer: Man dürfe *nie gegen den Wind brunzen*.

Bis vor einiger Zeit war das Kloster ein gastliches Haus für die Spitzen der Brünner Gesellschaft gewesen. Jeden Sonntag hatten Landeshauptmann, Statthalterei, Gerichtsräte und andere Honoratioren im Klostergarten einen noblen Stammtisch gebildet und zusammen gekegelt. Sie alle waren aufgeboten worden, um den wild Gewordenen zu beschwichtigen und zum Einlenken zu bringen. Er witterte den Verrat sofort. Das Krumme, das Verschlagene war ihm zuwider. Selbst wenn er sich große Mühe gab, standen ihm Komplimente, Floskeln und diese Kumpanei der Schönredner und Honigschmierer nicht zu Gebote. Hatte die Rede einen Sinn, drehte sie sich um einen Kern, den man geradewegs zum Ausdruck brachte. Außerdem verschanzte man sich nicht hinter seinen Worten, man stellte sich vielmehr mit der Glaubwürdigkeit der ganzen Person vor sie. Aber diese Herren gaben sich geschickt, nickten, wo es nichts zu verstehen gab, und schüttelten den Kopf, wo sie wirklicher Anteilnahme nicht fähig waren.

Abt Gregor zog sich zurück, der offen freundliche Umgang miteinander war verdorben. Auch die andere

Seite gab ihn auf, und die Herren betrachteten ihn als krankhaften Querulanten. Nach all den Jahren erzeugte die Affäre Mendel nur noch Überdruss und Abwehr, zumal die Front der Kirchenmänner gegen das Gesetz inzwischen gebröckelt war; man arrangierte sich und fuhr nicht schlecht dabei. Wie das vonstatten gehen könnte, hatte man auch ihm angedeutet. Man wisse doch um die Verdienste des Herrn Prälaten, deshalb seien Ehrenämter und Auszeichnungen angedacht wie die Berufung ins Herrenhaus oder ein Sitz im Verwaltungsrat der Hypothekenbank. Auch der Leopoldsorden, vielleicht sogar das goldene Vlies befänden sich in Reichweite, auf jeden Fall lasse sich eine Kompensation der Steuerschuld durch Verrechnung mit den Ausgaben und Verpflichtungen des Klosters bewerkstelligen.

Er schüttelte den Kopf.

Bald stand er allein, und den Bischof packte die Sorge, das rabiate Vorgehen des Prälaten werde das Klostervermögen über Gebühr vermindern; daher beauftragte er einen Ordensbruder mit der geheimen Überwachung seines Vorgesetzten.

Abt Gregor zog heftig an seiner Zigarre. Er spürte, dass man sich gegen ihn verschwor, vor allem aber kränkte ihn das wachsende Misstrauen in den eigenen Reihen. Anfangs hatten sie ihn unterstützt, jetzt fürchteten sie um die Schmälerung ihrer Gelder. Inzwischen hätten sie gerne einen anderen an seiner Stelle gesehen, Pater Rambousek vor allem brachte sich in Stellung, er intrigierte und ging auf Abstand zu ihm. Die Begrüßungen wurden kühl. Von den Stimmungen und

Gesprächen, die der Abt aufschnappte, handelten gutwillige davon, dass streitlustige Advokaten ihn in die Irre geführt hätten, die bösartigen lauteten, dass er sich der ständigen Aufregungen wegen eine Hirnalteration zugezogen habe. Sein Wahn sei nicht mehr heilbar, und man müsse ihn unter ärztliche Aufsicht stellen, bevor er das Stift vollständig ins Unglück getrieben habe. Wenn sein Brüten und Sinnieren düster wurden, fürchtete er sogar, dass man danach trachtete, ihn zu beseitigen.

Die Welt stand gegen ihn. Das auszufechten, brachte sein Amt mit sich, aber den Entzug der brüderlichen Liebe ertragen zu müssen, überstieg das Zumutbare. Seinen Konventualen zu begegnen wurde zu einer Pein. Die Prälatur war stets allen offengestanden, aber zuletzt wollte er keinen mehr sehen. Ihr schlechtes Gewissen, in ihrer Reserviertheit ertappt zu werden, stand ihnen ins Gesicht geschrieben, ihre Bücklinge waren ein Verstoß gegen das achte Gebot.

Er verschanzte sich, duldete nur noch seinen Bediener Josef und seine Haushälterin Frau Doupovec um sich. An Besuch war ihm niemand mehr außer seinen beiden Neffen willkommen, mit denen er freundlichen Umgang pflegte. Statt zu kegeln, wurde Schach gespielt.

Ein Tierhändler brachte Gustl und Radek, zwei riesige, bereits abgerichtete Bernhardiner. Der Prälatengarten wurde ihr Revier. Betrat ihn einer, kamen sie angelaufen, galoppierend, wie dies so schwere Tiere zu tun pflegten; der erste warf sich gegen den Ankömmling, richtete sich auf und legte ihm seine Pfoten auf die Schultern, der andere versperrte ihm den Fluchtweg. Wer glaubte, ihr Spiel befehligen zu können, der irrte: Sie ließen sich nicht abwehren; einem Klostergeistlichen zerrissen sie den Talar. Man hatte sich ihnen zu fügen, und auch Abt Gregor machte keine Anstalten, in das Treiben einzugreifen. Die Botschaft war klar, man sollte ihn in Ruhe lassen.

Acht Jahre lang wogte dieser Streit schon hin und her, ein Ende war nicht abzusehen, denn keine Seite wich zurück.

ER BLICKTE AUF SEINE ZIGARRE. Kurzzeitig veröde-
ten alle Gedanken, ein willkommenes Loch tat sich auf
und aller Hader schwieg in ihm. Die Aschespitze war
bedrohlich lang geworden, eine unbedachte Bewegung,
ein Ruck beim Anfahren des Zugs und sie würde auf das
Polster oder die schwarze Soutane fallen. So oder so eine
Sauerei! Der Aschenbecher stand in zwei Meter Entfernung. Ob er es wagen konnte? Praktische Physik, Teil-
gebiet Ballistik, aus dem Handgelenk? Gedacht, getan:
Er hielt die Zigarre nach oben, holte aus, zielte und tipp-
te im rechten Moment, als nämlich die bogenförmige
Bewegung gerade ihren Wendepunkt überschritten hatte, mit dem Finger dagegen, der Aschezylinder löste
sich von der Spitze und trudelte in den Behälter. Tusch!

Wieder schlug die Tenderglocke, ein Stoß setzte den
Waggon in Bewegung und sie rollten an. Abt Gregor
schaute nach draußen, der Kondukteur fasste den Hal-
tegriff und erklomm die Plattform. Plötzlich fiel ihm
wieder ein, was er nach dem Gespräch mit ihm tun
wollte, aber in seinem Missmut aufgeschoben hatte. Er
zog einige Papiere aus seiner Ledertasche. Sie waren
beidseitig beschrieben, vorne ein Briefentwurf, Einga-
ben und Ausgaben, hinten eine Sammlung von Einfällen. Ullmann, hatte er diesen Namen schon vermerkt
und eingeordnet? Gregor Mendel fasste nach seinem

Bleistift in der Brusttasche und besah ihn. Natürlich stumpf! Er durchwühlte seinen Gehrock, bis er endlich das Taschenmesserchen fand, eine Federklinge, mit der sich das Schreibgerät spitzen ließ. Jetzt überflog er seine Aufzeichnungen, alle bisher erfassten Namenshybride mit der Endsilbe *mann*. Sammeln, analysieren, ordnen, so hatte es schon Linné gemacht. War die Ordnung hergestellt, zeigten sich Regeln fast zwanglos. Merkmalsgruppen wurden gebildet, alles neue Material ließ sich passend dazu einschlichten. *Ull* kam zweifellos von *Uhl*, meinte also Eule. Der Eulenmann. Zu den Viehhändlern, wie *Geissmann*, *Rossmann* oder *Vogelmann*? Eher nicht, wer handelte schon mit Eulen? Zu den *jagenden Männern*, wie *Hatzmann*, *Horstmann* oder *Waidmann*? Der Jäger begegnete wohl Eulen, aber jagte sie nicht. *Durch körperliche Eigenschaften auffallende Männer*? Im Sinne von Eulenaugen. Eulenäugig waren Frauen, Athene bei Homer, niemals Männer. Jetzt wurde es schwierig! Eine Kategorie hatte nur dann Sinn, wenn sie mit mehr als einem Begriff zu füllen war. Hier unter *Leckermaul* stand nur *Bratmann*, sollte wohl besser auch wieder gestrichen werden!

Endlich notierte er den Namen *Ullmann* an den Rand des Papiers und fügte ein Fragezeichen hinzu. Das Entscheidende war, nichts erzwingen zu wollen. So ging der geübte Sammler auch beim Botanisieren vor. Jede Regel verbarg sich zunächst hinter der Vielfalt, sie war göttlich und waltete von innen heraus; verstanden war sie erst, wenn man das tätige Prinzip begreifen konnte, das die Erscheinungen zum Blühen brachte.

Er packte seine Papiere in die Tasche zurück. Als er an seiner Zigarre zog, hatte er den Geschmack von kaltem Rauch im Mund; sie war ausgegangen. Er besah den Stummel, drehte ihn hin und her und warf ihn schließlich in den Aschenbecher. Eine wieder angezündete Zigarre schmeckte nicht mehr, war wie aufgewärmtes Essen zwar hinnehmbar, aber kein Genuss mehr. An Rauchwerk mangelte es ohnehin nicht.

»Rauchen Sie, Herr Prälat«, hatte der Arzt zu ihm gesagt, »ein besseres Mittel gegen Fettleibigkeit haben wir nicht. Es zehrt aus.«

Empirisch war das an ihm nicht, präzise: noch nicht nachweisbar, was aber die Wirksamkeit dieses Mittels nicht per se infrage stellte, denn er aß gerne und viel und in eine Überprüfung, wie sich sein Leibesumfang ohne Rauchen entwickeln würde, wollte er lieber nicht eintreten. Ein Leben ohne Zigarren war zudem nicht mehr vorstellbar, er schlotete bis zu zwanzig am Tag. Er holte das Messerchen erneut hervor, schnitt eine Kerbe, kappte vorne die Spitze und genoss nun also die zweite, wobei man aus statistischen Gründen die erste nicht als vollgültige ganze werten durfte.

WIE DER RAUCH, so die Gedanken! In freier Natur stiegen sie hoch und verflüchtigten sich, hier in diesem niedrigen Coupé hingen sie unter der gewölbten Decke. Draußen schoben sich Wald und Felder vorbei, das Bild gewann durch das Morgengrauen zunehmend an Tiefe, bald würde das Dunkel der Nacht verschwunden sein. Durch das leichte Gefälle war der Zug in guter Geschwindigkeit nach Wagram unterwegs.

Abt Gregor blickte einem Kringel nach, den er nach oben geblasen hatte. Zuhause im Thomasstift war er in einen stummen Kampf verwickelt. Aber wo wäre da ein Ausweg? Man konnte einem Menschen verzeihen, man konnte Bedürftigen gegenüber Großmut walten lassen, man konnte Reue über die eigenen Verfehlungen empfinden, aber keine dieser Tugenden half, diesen Konflikt zu heilen. Hatten sich die Märtyrer im Kerker oder am Pfahl etwa konziliant gezeigt? Sich etwas von ihrer Haltung abzwingen lassen? Selbstverleugnung war kein Wert im moralischen Kanon der Kirche, wohl aber das Bekenntnis. Die Schwäche des Petrus, der seinen Herrn nicht kennen wollte, der erkaufte Verrat des Judas – die Beispiele aus der Apostelgeschichte mahnten, wer dem Herrn nachfolgen wollte, von dem war Festigkeit gefordert.

Trotzdem litt er. Seine liebsten Beschäftigungen

waren vergiftet. Der Garten, die Blumen, Sträucher und Obstbäume, die Bienen waren nicht mehr Inhalt seines Lebens, sondern allenfalls Ablenkung, weil der Teufel des Streits ihn ständig umklammert hielt. Stattdessen aß er. Schaufelte große Portionen in sich hinein. Milchkaffee, dazu Buchteln, Kolatschen oder Dalken, Schweinebraten, Knödel, Kraut, Lendenbraten mit Sahnesoße, saure Pilze, Kartoffelsterz, Schinken, Quargel und immer wieder Gurken. Wenn er den Teller mit Brot ausgewischt und die Krümel vom Tisch gefegt hatte, packte ihn das schlechte Gewissen. Eingezwängt und fest wie ein Stöpsel auf der Flasche hockte er auf dem Stuhl, unfähig und unwillig sich zu rühren. Sofort zündete er sich eine Zigarre an. Früher war es ihm eine Freude gewesen, träge wie er war, wurde ein Bußgang daraus, den er dreimal am Tag keuchend und watschelnd absolvierte: Besuch der Messgeräte, zur Aufzeichnung meteorologischer Daten. Zunächst zum Barometer und Psychrometer an der Nordseite des Klosters, danach zum Thermometer, Minimum und Maximum, bei den Bienenstöcken und schließlich zum Regenmesser im Prälatengarten. Dann ließ er sich wieder, je nach Wetter und Tageszeit drinnen oder draußen, auf eine Sitzfläche fallen.

So gingen die Tage hin. In Freudlosigkeit. Frau Doupovec schaute auffallend oft nach ihm. Ihren Gesichtsausdruck wusste er so gut zu deuten wie sie den seinen. Sie machte sich Sorgen. Der früher stets joviale und gesprächige alte Herr verfiel immer mehr in Schwermut. Er grub sich in seinen einsamer werdenden Alltag ein, das Zimmer war voll von Zetteln, darauf lateinische Bezeichnungen: Ideen oder Erledigungen?, sie kannte sich damit nicht aus, sammelte alles auf und legte es ihm auf dem Schreibtisch zurecht. Wenn er doch nur geredet hätte! Je länger er schwieg, desto ausführlicher notierte er.

Abends saß Frau Doupovec im Nachthemd auf dem Bett, löste ihre Haare und kämmte sie. Sie grübelte. Ihr Dienstherr forderte nichts, beklagte sich nie und bat niemanden um einen Gefallen. Aber er wirkte mitgenommen und traurig, das war nicht zu übersehen. Wie ließ sich das Gemüt des so verschlossen gewordenen Menschen aufhellen? Die einzige Freude, die sie ihm bereiten konnte, war das Essen. Morgen würde sie ihm daher sein Lieblingsgericht zubereiten. Er hatte eine Schwäche für Schweinepfeffer, vor allem, wenn er so zubereitet war, wie sie es tat: energisch gewürzt mit Pfeffer, Piment und Lorbeer, nicht zu mager und mit reichlich Soße, aus der der Rotwein herausschmeckte, den er sich dann auch ins Glas füllen ließ. Zufrieden legte sie sich hin.

Anderntags kochte sie mit großem Aufwand und servierte ihm eine liebevoll angerichtete, große Portion Schweinepfeffer, dazu luftige Hefeknödel und Kraut. Als sie abtrug, erschrak sie; er hatte tatsächlich alles aufgegessen. Sie kochte immer auch für das Auge, dazu gehörte, den Esser durch das Auftischen einer großen Menge zu befrieden, ihm die Angst zu nehmen, dass das wohlschmeckende Gericht nicht ausreichend vorhanden war, und er daher ganz nach Appetit verfahren konnte. Der Abt saß da, stierte stumm vor sich hin, der

Blick ein wenig glasig, statuarisch, als habe er seine Henkersmahlzeit genossen.

Bekümmert wusch sie das Geschirr. Ihr Bemühen um Besserung hatte seinen Zustand anscheinend verschlimmert. Immer wieder unterbrach sie ihre Küchenarbeit und lauschte, ob von nebenan etwas zu hören war. Dann endlich hörte sie ihn stöhnen, das Holz ächzte, offenbar stemmte er sich aus seinem Stuhl hoch, schließlich knackten die Bohlen und die Tür ging. Erleichtert fuhr sie fort, denn nun begab er sich auf seinen abendlichen meteorologischen Rundgang.

Bei der Rückkehr in die Prälatur plagte ihn bereits ein leichtes Magenzwicken, das in der Nacht immer grimmiger wurde, bis es schließlich als Kolik sein volles Krankheitsbild ausprägte. Der Abt war gläubig genug, seine Gier auf Schweinepfeffer weniger medizinisch zu bewerten als vielmehr moralisch, in den Kategorien von sich gelüsten, sündigen, beichten und büßen. Um diese Beichte abzunehmen, holte Josef noch in der Nacht Dr. Brenner, der letztendlich auch dafür bezahlt wurde, dass er die allzu enge Beziehung von Schweinepfeffer und Kolik lockerte, von periodisch wiederkehrenden Krampfzuständen sprach, etwas leichtere Kost anempfahl und das böse Wort Schweinepfeffer geflissentlich vermied. Dr. Brenner wusste, dass er seinen Patienten nicht belehren konnte, ohne ihn zu demütigen, man sprach daher in Gleichnissen miteinander, und er fragte, ob der Herr Prälat denn auch noch ausreichend rauche? Bleich, mit schweißiger Stirn lag der Kranke da und nickte.

Die Nacht wurde zur Qual und damit zur Buße. Der Morgen brachte zwar eine Linderung der krampfartigen Schmerzen, zugleich ein neues Leiden: Er lag mit gelösten Gliedern im Bett und fühlte sich außerstande, sie zu gebrauchen. Sie gehorchten ihm nicht mehr. Nicht dass er gelähmt gewesen wäre, er spannte die Muskeln an, rollte ein wenig hin und her, er wusste nur, dass die Kraft seiner Arme nicht ausreichen würde, sich hochzustemmen, und die seiner Beine nicht, ihn zu tragen. Als Josef nach ihm sah, bat er darum, dass man ihn hochbette. Aus dieser bequemeren Lage instruierte er seinen Bediener, wie er die meteorologischen Daten aufzunehmen habe. Josef erzählte sofort Frau Doupovec davon, beiden war klar, dass es sich um etwas Ernstes handelte.

Abt Gregor blickte auf das Federbett, unter dem sein Bauch mächtig aufragte. Kirchenvater Hieronymus hatte die Geschichte des Hl. Hilarion niedergeschrieben, eines Einsiedlers und Asketen, der seinen Leib wie einen Esel behandelte. Schmale Kost, Züchtigungen, Hitze und Kälte, um ihn gefühllos zu machen. Bis sein Eigenwille gebrochen war und er gehorchte. Gregor Mendel schämte sich; weit entfernt von solchen Zurichtungen machte sein Leib aus ihm einen Esel, soff und fraß, wie er wollte, und verweigerte den Dienst, wann er wollte. Er spürte, wie sich große Zaghaftigkeit seiner bemächtigte.

Eine solche heftige Insubordination seines Leibes widerfuhr ihm erstmalig mit sechzehn Jahren. Durch sein Bitten und Drängen sowie die entschiedene Fürsprache von Pfarrer und Lehrer hatten ihn seine Eltern nach Troppau ins Gymnasium geschickt. Damals war er mager und ständig hungrig, er ernährte sich vor allem von dem, was ihm die Eltern aus ihrer Heinzendorfer Landwirtschaft schickten: Brot und Butter zumeist. In den Ferien fuhr er nach Hause und arbeitete auf dem Hof mit. Dennoch studierte der Bauernsohn eisern und arbeitete, damit ihm dieses Privileg nicht vorzeitig wieder genommen würde. Dann verunglückte sein Vater, und er bemühte sich, als Nachhilfelehrer selbst für seinen Unterhalt zu sorgen. Ein halbes Jahr später brach er zusammen. Mehr als drei Monate lag er zuhause, fiebrig, aber bleich und zum Sterben schwach, unfähig, das Bett verlassen zu können. Ich muss, ich muss! Aber seine Hinfälligkeit widerstand jedem Zwang, sie holte ihn einfach von den Beinen. So lag er wieder da und weinte ins Kissen. Nur von draußen kam Kraft, das duftige Grün der Blätter, ihr Rauschen im Wind, das Reifen der Äpfel, Birnen und Zwetschgen, das Zwitschern der Vögel, das Summen der Bienen, das Blau des Himmels, vor allem aber das freundliche Licht der Sonne, deren Strahlen durch das kleine Kammerfenster schienen. Langsam, wie bei einer vernachlässigten Pflanze, kräftigten sich die Wurzeln, und er richtete sich wieder auf, bis er endlich im Spätsommer wieder nach Troppau zurückkehren konnte.

Trotz dieser damals als schuldhaft empfundenen Unfähigkeit und Schwäche teilte der inzwischen durch seine Studien theologisch geschulte Geistliche die Auffassungen Hilarions nicht: Der Leib war kein unbotmäßiges Vieh, das es zu dressieren galt. Alles an ihm war gottgewollt, er war ein Hort voll guter Anlagen und Gaben. Mit ihm wertschätzte man auch seinen Schöpfer. Allerdings verzieh er kein Zuviel und kein Zuwenig.

Zwei Jahre nach diesem Zusammenbruch, als er schon in Olmütz das Philosophiestudium begonnen hatte, ereilte es ihn ein weiteres Mal, er kapitulierte vor den Prüfungen des zweiten Semesters. Wieder lag er wochenlang da. Natürlich war er ständig hungrig, natürlich presste er sich trotzdem Leistung ab, aber er spürte schon damals, dass es vor allem die Angst war, die ihn mit eisiger Faust gepackt hielt. Angst vor dem Versagen, vor dem Absturz, vor der eigenen Beschränktheit, vor dem Verlust der Kraft, die er brauchte, um den beständigen Fleiß und die Strebsamkeit aufrechtzuerhalten, damit er ausgleichen konnte, was ihm fehlte: reger Geist, rasche Auffassungsgabe und reiche Begabung. Angst vor der Erkenntnis, dass er nichts weiter als ein Bauernsohn mit dickem Schädel war, in den sich viel hineinpressen ließ. Ein derber Hochstapler eben.

Schon sein Lehrer in der Dorfschule hatte über ihn, den kleinen Johann Mendel, notiert: *Hat nichts Talentvoll-Verspieltes an sich. Beim Lernen geht er jedoch so ausdauernd und geduldig voran wie ein ...* Dann setzte er ab, um keine ungerechte Beurteilung zu Papier zu bringen. Schließlich blickte er auf die Schiefertafel seines Zöglings, die er vor sich liegen hatte. Dort stand: *Die Tiere. Das nützlichste Tier ist der Ochs, das fleißigste die Biene und das liebste ist mir der Hund.* Dann schrieb er doch, was er gedacht hatte: … *wie ein Ochs.*

Freilich hatte er Ausdauer und Kraft, aber er war nun schon zweimal unmissverständlich darüber belehrt worden, dass auch die Konstitution eines Ochsen für seine Ziele und die damit verbundenen Aufgaben nicht ausreichte. Alle, auch die familiären Reserven waren ausgeschöpft, dennoch fühlte er sich außerstande, *solche Anstrengungen noch weiter zu ertragen,* wie er es in seinem Lebensabriss formulierte. Auf Empfehlung seines Olmützer Physiklehrers, Pater Friedrich Franz, wurde er als Novize in das Königinkloster von Brünn aufgenommen. In dem gelehrten Augustinerorden war ihm ein weites, vor allem auskömmliches Feld für seine Studien zugewachsen. Später, als geweihter Priester, versuchte er sich zunächst in der Seelsorge, bat dann aber darum, ihm eine andere Aufgabe zuzuweisen, und wurde schließlich als Hilfslehrer dem Gymnasium in Znaim zugeteilt.

DIE BREMSEN KREISCHTEN, ruckend hielt der Zug in Deutsch-Wagram. Bäuerinnen stiegen zu, Käfige mit Geflügel in der Hand, hohe hölzerne Kraxen auf dem Rücken. Vielleicht war in der Nähe Markttag. Angeekelt blickte Gregor Mendel auf das Mundstück seiner Zigarre. Ausgefranst und durchgeweicht. Zu viel gekaut, zu viel an Essen gedacht. Schon die Vorstellung regte den Speichelfluss an. Drauf und dran, auch diese Zigarre im Aschenbecher zu versenken, berichtigte er sich dann doch: Verschwendung! Es wäre die zweite gewesen, die er nicht zu Ende geraucht hätte. Ging man so mit den Gaben der Natur um? Auch der Tabak gehörte schließlich dazu. Er legte den Stumpen beiseite.

Er öffnete das Fenster und streckte den Kopf hinaus. Die Lokomotive stand unter einem mächtigen Wasserkran. Rauschend strömte der gebändigte Schwall in den Leib der Lokomotive, als sie vollgetankt war, hörte man aus dem großen stählernen Behälter das Glucksen und Schmatzen der hin und her schwappenden Füllung. Es war frisch draußen, er schloss das Fenster daher wieder und setzte sich. Jetzt weiter über das Wasser nachdenken! Regen, Quelle, Fluss, Meer oder was auch immer – er bemühte sich, die gewonnenen Eindrücke fortzuspinnen, denn im Hintergrund lauerte Gefahr.

Hatte der Hl. Hilarion neben der vollständigen Beherrschung des Leibes sich vielleicht auch eine Technik angeeignet, die Gedanken willentlich zu lenken? Wohl kaum. Liebliche Bilder, so schrieb Hieronymus, seien vor ihn hingetreten. Noch im Alter floh er, wenn sich ihm eine Frau näherte. Angst statt Respekt, das hatte dem Abt nie imponiert. Frauen waren anziehend, und das aus gutem Grund! Wohlgestalt in der Nacktheit, auch sie hatte der Herr geschenkt. Der Drang zum anderen Geschlecht war nicht nur dem Menschen eingepflanzt. Überall in der Natur mussten ein Weibliches und ein Männliches zusammenkommen, um Nachkommen zu zeugen. Nur so konnten die mitgegebenen Anlagen gemischt und in der nächsten Generation bereichert weiter gedeihen. Der Mensch war im biologischen und gottgewollten Sinne ein Bastard. Und warum herumreden um Geschlechtsteile und Akt? Bereits als Kinder hatten sie zugesehen, wie der Stier auf die Kuh oder der Hengst auf die Stute aufsaß. Niemand durfte diese Art der Fortpflanzung geringschätzen, denn der Herr hatte sie geschaffen und gesehen, dass sie gut war, auch wenn es nicht gut war, sich dem Sog aufkommender Bilder zu überlassen, so hilfreich diese Ablenkung auch wäre!

Abt Gregor zündete seine Zigarre erneut an. Die ersten Züge, scheußlich! Wahrscheinlich hatte sich weniger der durch Tabakbrand entstehende Rauch verändert, als vielmehr das Geruchs- und Feuchtigkeitsmilieu in dem verbliebenen Stummel, durch den er wie durch eine Röhre nach hinten zum Mundstück gezogen wurde und sich mit – wie sagte man das? – den unguten Stoffen anreicherte.

Man konnte Gedanken leider nicht lenken, allenfalls ließ sich der eine durch einen bedrängenderen oder verlockenderen anderen auslöschen. Damit blieben nur zwei übrig, die er beide eigentlich nicht im Kopf haben wollte, die aber nun durchbrachen: Schweinepfeffer und Professor Kner.

Als 28-Jähriger erlebte er eine unauslöschliche Niederlage, so schwer und so schmerzhaft wie keine zuvor, eine, die ihn bloßstellte und ihn in seiner ganzen Armseligkeit dastehen ließ. Mit großer Freude war er als Hilfslehrer am Znaimer Gymnasium tätig. Latein, Griechisch und Mathematik. Er mochte seine Schüler und sie mochten ihn, sein Unterricht war anschaulich und kurzweilig. Was also lag näher, als sich der Lehramtsprüfung zu unterziehen, um dem Kollegium als vollwertiges Mitglied angehören zu dürfen? Er wäre damit dem Beispiel vieler seiner Mitbrüder gefolgt, die den Konvent durch ihre Arbeit als Dozenten oder Professoren bereicherten. Aber Kner hatte ihn durchschaut und die Dürftigkeit seines Wissens aufgedeckt.

Die Pflege der eigenen Erinnerungen diente vor allem dazu, das Schroffe zu mildern, das Spitze zu glätten und passend gemachte Bruchstücke in ein Mosaik des Lebens einfügen zu können. Wenn allerdings Kner in seinen Gedanken auftrat, zerstob alles, der kleine, spitzbärtige und bebrillte Mann nahm sofort wieder das Heft in die Hand, als könnte er jederzeit seine innere Stimme in Gregor Mendels Kopf widerhallen lassen.

Professor Kner las, sichtlich unbeeindruckt von der Unruhe durch das Kratzen der Federn: Eintauchen, Ansetzen, rasches Auf und Ab, begleitet von heftigen Bögen, manchmal von Strichen, aber immer abgeschlossen von einem Geräusch, das deutlich sagte: Punkt! Da wurde diese Gleichförmigkeit einen Augenblick lang unterbrochen, weil mehrere Federn gleichzeitig eingetaucht wurden. Diese kleine Veränderung genügte, um Kner auffahren zu lassen. Er fingerte nach seiner Uhr. Es schien, als habe er die Anspannung um sich herum benutzt, um sich in eine fremde Gedankenwelt aufzuschwingen. Misstrauisch horchte er an der Taschenuhr und beklopfte das Glas. Erleichtert stellte Kner fest, dass erst ein Viertel der Prüfungszeit verronnen war.

Verronnen! Kner lächelte bei sich und studierte die Gesichter seiner Lehramtskandidaten, was von solcher Dramatik in ihnen zu lesen stand. Fleckige Hautrötung. Hektisches Augenspiel. Dann und wann heftiges Einatmen. Stupor examinis.

Kner schob das Buch von sich, zur Nutzanwendung entschlossen. Tätiger, zielgerichteter Wille. Aus der Fülle der möglichen Haltungen zur Welt wird eine als maßgeblich erwählt und ins Werk gesetzt. Der Mensch im Überlebenskampf. Kner trat ans geöffnete Fenster und schloss die Augen. Träger, heißer Augustwind wehte ihn an. Kindergeschrei, die schlagenden Räder eines Fuhrwerks, Essensdünste. Schönheit, das war, die Vielzahl dieser Wahrnehmungen zu einer Symphonie zu vereinigen. Kner rümpfte die Nase, um dem angelesenen Gedanken, der so erhaben an ihm vorbeizog, eine Fratze zu ziehen. Der Opern- und Literaturliebhaber schätzte solche überspannt vorgetragenen Ideen nicht. Fressen, saufen, zeugen – vom Standpunkt des Zoologen war jedenfalls nichts dagegen einzuwenden.

Kner wandte sich wieder dem Überlebenskampf zu, den er mit seiner Aufgabenstellung unter Laborbedingungen entfesselt hatte. *Es sind die Ordnungen der Säugetiere in systematischer Reihenfolge mit Einfügung ihrer Charakteristik anzugeben, sodann aus jeder Ordnung, die durch Benützbarkeit für den Menschen sich auszeichnenden Tiere namhaft und die von ihnen bezogenen wichtigsten Handels- und Arzneistoffe anzuführen.* Wären doch der Gattung Mensch ebenso lösbare Anforderungen gestellt!

Fressen, saufen, zeugen – und wenn schon! Schließlich war das die Quintessenz der Naturgeschichte. Das Bedürfnis war zu bejahen. Angriffslustig blieb Kners Blick am Supplenten Pater Gregor haften. Nichts, keine Regung in diesem groben Schädel. Starre! Beliebte der Geist etwa nicht anwesend zu sein? Wo war er nun, der göttliche Funke? Wieder rümpfte Kner die Nase. Für den da war der göttliche Funke ohnehin mehr eine prometheische List, das Herdfeuer zu entfachen. *Ehrfurchtsvoll Gefertigter* hatte in dem Lebenslauf, der seinem Prüfungsgesuch an die k. k. Kommission beigefügt werden musste, geschrieben, dass er sich gezwungen gesehen habe, *in einen Stand zu treten, der ihn von den bitteren Nahrungssorgen befreite.* Seine Verhältnisse hätten seine Standeswahl entschieden.

Kner hatte diese Darstellung mit Stirnrunzeln zur Kenntnis genommen. Weil er einen bequemen Platz im Leben suchte, fühlte er sich zum Mönch berufen? Schärfer konnte man die Kritik am Klosterleben nicht zum Ausdruck bringen! Kners Blick nahm Maß. Eine Prädisposition zur Korpulenz war zweifellos vorhanden, das Kloster ernährte seinen Mann. Eine asketische Haltung war ohnehin nicht die Sache dessen, der seine Gemütsverfassung seit dem Eintritt in den Orden als die einer *ersprießlichen Behaglichkeit* bezeichnete. Fressen, saufen, zeugen – so gehe ein jeder nach seiner Natur, stellte er fest, und sei es auch auf metaphysischen Umwegen.

Pater Gregor fühlte den forschenden Blick von Professor Kner auf sich ruhen und erwachte. Blut schoss ihm zu Kopf. Wieder suchte er in sich, aber da war kaum etwas, was des Niederschreibens wert gewesen wäre: *c) Der Ochs. d) Das Schaf. e) Die Ziege.* Jeder Gedanke zerstob in flüchtige Partikel. Keine Ordnung, kein Satz, keine Worte, nur Bilder. Kindliche Bilder reiner Sehnsucht von dem, was zu Hause so schön und vertraut war, und der Wunsch, endlich dorthin zurückgehen zu dürfen und aus dieser Lage erlöst zu werden, um das immer tiefer dringende Gefühl der Beschämung nicht weiter spüren zu müssen.

»Herr Mendel!«, Professor Kner wies mit dem Finger auf seine Uhr. »Die Hälfte der Zeit ist um.«

Kner sah ihm über die Schulter und musterte das Geschriebene. *k) Was das Renntier für den Norden, das ist das Kamel für die heißen Steppen.* Kner runzelte die Stirn.

Eine Wissenswüste ohne Oase, dachte er bei sich. Artiodactyla ruminantia. Camelidae. Camelus dromedarius – das muss doch aus dem Effeff kommen.

Die Eigenschaften dieses Tiers würden einem Mönch gut anstehen, fand Kner. Täglich eine Handvoll Getreidekörner oder Bohnen, das genügte ihm. Das Maul war hart und unempfindlich, das Gebiss kräftig. Sogar dornige Kräuter und Sträucher in der Wüste taugten. Durch das Fett seines Höckers überlebte es. Tagelang konnte es auf Wasser verzichten. Mit der dicken Hornschicht seiner schwieligen Sohle schritt es selbst über nackten Fels, scharfkantige Gesteinstrümmer oder glutheißen Sand. Es zeigte eine bewundernswerte Ausdauer. Um Lasten aufzunehmen, kniete es nieder.

Pater Gregor legte die Stirn in Furchen, suchte Gedanken in dem schwachen Nachhall, der in seinem Kopf geblieben war. Endlich schrieb er: *Das Zibettier sondert in eigenen Afterdrüsen eine aromatische Substanz ab, die auch im Handel vorkommt.* Kner wandte sich endgültig ab. Solche Antworten waren schülerhaft, und auch bei einem Jugendlichen hätte ein erfahrener Pädagoge den Rotstift angesetzt. Der Supplent Gregor Mendel wies keine Befähigung für den Gymnasialunterricht auf.

Abt Gregor stöhnte, paffte in raschen Zügen den Rest seiner Zigarre und warf sie in den Aschenbecher. Abgewiesen und durchgefallen! Im abschätzigen Blick, den ihm sein Prüfer entgegengebracht hatte, nahmen Ablehnung und Schande Gestalt an. Immer wieder, an vielen Stationen seines Lebens, tauchte der längst verstorbene Kner in seinen Gedanken auf, er redete nichts, sah ihn nur an, weil es offenbar keine Worte gab, den Abgrund, der sich aufgetan hatte, zu überbrücken.

Friede seiner Seele, dachte er und schlug ein Kreuzzeichen, lass, o Herr, auch seine Augen endlich erlöschen!

ABT GREGOR ERHOB SICH, sah sich kurz noch einmal um, scharrte vorsichtshalber ein wenig mit den Füßen auf dem Teppich, um die Sohlen zu säubern, und zog sich an den Metallstreben auf den gepolsterten Sitz hoch wie einer, der den Gipfel erklimmen möchte. Nur so kam er an das Gepäcknetz, in dem der Dienstmann seinen Handkoffer platziert hatte. Beidhändig klammerte er sich an die Ablage, er stand auf schwankendem Grund, und versuchte Ruhe in den notwendigen Bewegungsablauf zu bringen. Schließlich ließ er die Verschlüsse aufschnappen, löste den Riemen und entnahm ihm ein zuoberst liegendes dunkel kariertes Plaid und warf es auf die Polster. Nach geglücktem Abstieg legte er es sich über die Schultern. Erst jetzt schob er das Fenster auf, um ein wenig zu lüften. Diese angenehme Art, sich vor Zugluft zu schützen, hatte er in England kennengelernt, wo man sich auch in der Öffentlichkeit nicht scheute, sie anzuwenden.

Draußen ging die Sonne über den Feldern auf, das Getreide war bereits abgeerntet, Mais und Kartoffeln standen noch in hohem Wuchs und die Äpfel nahmen schon Farbe an. Aber die landschaftliche Schönheit, die der erwachende Tag in das wärmste Licht tauchte, flog vorbei. Nirgendwo fand das Auge Ruhe, und ein leichter Schwindel erfasste ihn beim Hinaussehen.

Er zog die Decke fester um sich und schmiegte sich in die Polster. Wie schnell hatte er sich schon Erkältungen bei seiner Arbeit draußen geholt. Schuld war der Wind. Der Körper war erhitzt und vertrug keine jähe Abkühlung, auch wenn sie zunächst angenehm anmutete. Solche Übel waren ätherisch, sie schwangen in der Luft, sprangen einen an und verursachten Halsschmerzen, Husten und Fieber. Üble Gase stiegen irgendwo aus dem Boden auf, Resultat von Fäulnis, Verwesung und Zersetzung, verdünnten sich wohl durch die ständige Zirkulation, waren aber offenbar noch stark genug, den Menschen zu schädigen. Der Erreger war nicht zu sehen, zu hören oder zu fühlen, er schlich heran und erfasste den Menschen auf nicht nachvollziehbaren Wegen. Wann Epidemien drohten, war daher nie zuverlässig vorherzusagen. Immerhin hatte man gelernt, begleitende Zeichen zu deuten. So wie das Vieh vor Wetter, Feuer und anderen unheilvollen Ereignissen instinktiv floh, zeigte das Fallen des Grundwasserspiegels das Herannahen von Seuchen an. Schon zu seiner eigenen Beruhigung maß der Abt ständig den Grundwasserspiegel im Konventbrunnen, die Tendenz war jedoch eine günstige gegenläufige, das Wasser stieg Jahr um Jahr, und so hatten sie in Brünn nichts zu befürchten.

Wie kam eine Krankheit überhaupt an den Menschen? Am ehesten leuchtete ihm die Vorstellung ein, dass sich solche Übel wie Schwingungen fortpflanzten. Sie suchten und fanden eine Antwort in Resonanzkörpern, in denen sie dann zum Ausbruch kamen, so wie

die Stimmgabel von Pater Krizkovsky am Finger ange-
schlagen zunächst unhörbar pulsierte und ihren vollen
Ton erst entfaltete, wenn man sie auf eine Holzunter-
lage stellte. Bei manchen blieb der Körper stumm, er
widerstand dem Übel, wer aber die Veranlagung, sich
mit Krankheiten sympathetisch zu vereinigen, in sich
trug, war diesem Feind hilflos ausgeliefert.

Leider hatte der Prälat immer eine vollständige
Wehrlosigkeit in sich gespürt. Frisch zum Priester ge-
weiht, hatte er damals in der Seelsorge am eigenen Leib
erlebt, wie ihn die Aura von Leid und Tod überwältigte.
Diese Aura sagte, »Halte dich fern, rette dich!«, aber das
Mitleid und der priesterliche Beruf vor allem erzwangen
das Gegenteil. Die verdorbene Luft am Krankenbett war
einzuatmen, ein Kreuzzeichen auf die Stirn, die Augen
und den Mund zu zeichnen, die Hand aufzulegen, eine
Hostie auf die zitternde, weiß-zerfurchte Zunge zu
schieben. Bereits beim Verlassen des Raums war der
Versuch des Übels, sich des neuen Körpers zu bemäch-
tigen, überstark zu spüren. Der Kampf dagegen fast
aussichtslos. Er wusch sich die Hände, rieb sich mit
Franzbranntwein ein, betete um Abwendung kommen-
den Leids, aber es hatte ihn längst ergriffen. Bereits drei
Mönche waren in der Ausübung ihrer seelsorgerischen
Pflichten gestorben, auch ihn würde dasselbe Schicksal
ereilen.

Wie schon am Gymnasium in Troppau und an der
Universität Olmütz erlitt der damals 26-jährige Augustiner einen Zusammenbruch. Es begann, wie es zuvor
begonnen hatte. Beim Versuch morgens aufzustehen,

ging ein Zittern durch seinen Leib, ein Frostschauer überfiel ihn und mit der Kälte kam eine allgemeine Hinfälligkeit, die ihn an das Bett fesselte. Der Arzt wurde herbeigerufen, befragte den Patienten, maß den Puls und die Temperatur, stellte jedoch nichts außer einem allgemeinen Schwächezustand fest, hervorgerufen durch nervliche Überreizung. Pater Gregor lag im Halbdunkel seiner Zelle, aß Schleimsuppe, fiel in heftige Albträume, in denen er offene Münder, hohle Wangen, zerschundene Gliedmaßen und aufgeplatzte Wunden sah, erwachte durch seine Schreie und vegetierte in einem trüben Dämmerzustand von Todesgewissheit gepeinigt dahin.

Als er wieder genesen war, entband ihn Abt Cyrill Napp von der Seelsorge und gab ihm als Supplent in Znaim ein neues Wirkungsfeld.

Energisch stand Prälat Gregor auf und schloss das Fenster. Sofort zündete er sich eine weitere Zigarre an; der Rauch machte die Bienen gefügig, vielleicht auch das in der Luft umherschwirrende Übel.

HOLPERND FUHR DER ZUG auf den Gleisen. Ein ständiges Schlagen und Stoßen. Tatack, tatack, tatack. Eher doch ein Heben und sich Senken? Seine Erfahrung mit Zugfahrten hatte Abt Gregor gelehrt, dass man sich nicht gegen diese Geräusche stemmen durfte; man durfte nicht fragen: Wann hört das endlich auf?, sondern: Wie geht das weiter? Sein Konfrater Pavel Krizkovsky hatte ihn auf einem Spaziergang darauf aufmerksam gemacht, dass es zwei Weisen des Hörens gebe, eine, die einzelne Geräusche aus der Vielzahl der sie umgebenden herauslöse und mitverfolge, insbesondere die dissonanten und störenden, und eine, die alle von vorneherein in einem Zusammenhang vereinigt wahrnehme. Der Ruf der Amsel, eine Frage, das Pochen des Spechts, eine Antwort. Das Rauschen des Winds, eine Botschaft, die sich im Knacken des Holzes, dem Brummen der Hummel und dem Muhen der Kühe vervielfältigte und weitergetragen wurde. Sie alle wirkten mit an der Vertonung der Welt und das Resultat war vielgestaltig, ein Liedchen, eine Etüde, ein Choral – alles war möglich. So schrieb Pater Pavel seine Chorwerke, vielstimmig ineinander verschlungen, sich gewunden vorwärts bewegend, sich erhebend, sich aufbäumend und wieder verschwindend. Und er hatte recht! Bei dieser Art des Zuhörens entstanden Struktur und Ordnung, man versöhnte sich mit den

Maschinen, ihren Pleuel, Rädern, dem Kesseldruck, der anschob und dann als Dampf fauchend entwich, ihrer Mechanik des plumpen, aber stetigen Vorwärtsdrängens.

Damals, als er sich der Seelsorge nicht gewachsen zeigte und krank in seiner Zelle wie in einem gläsernen Sarg lag, schwach und unbeweglich, war diese Vereinzelung der Geräusche so beängstigend gewesen. Er horchte jedem Laut einzeln hinterher. Das Kloster schlief, das Holz, das nachts kühl und feucht wurde, ächzte, ein unter Spannung stehender Riegel knackte und das Bettgestell stöhnte. Und immer wieder von weitem sich nähernd – tock, tock, tock! – das Aufsetzen des Stocks auf dem Boden, den Abt Cyrill Napp benutzte. Wenig später öffnete er fast geräuschlos die Tür, nur ein Mahlen der Stahlfedern des schweren Schlosses war zu vernehmen, dann klemmte er den Stock unter den Arm, um jeden störenden Laut zu vermeiden, und trat humpelnd an das Bett. Napp war ein kleines, mageres Männlein, er zeigte sich nie anders als in seinem Amtsornat und war durch seine förmliche Bestimmtheit von respekteinflößendem Auftreten. Er beugte sich ein wenig über den Kranken, um ihn in Augenschein zu nehmen, und erteilte ihm dann den Segen.

Abt Gregor konnte gar nicht anders, als beim Gedanken an seinen Vorgänger wieder zum Taschentuch zu greifen und sein Gesicht zu verbergen. Cyrill Napp besaß verständige Güte. Er erwartete stets von seinen Mitbrüdern, vor allem geistig-wissenschaftlich, das Außerordentliche, aber er zwang es ihnen nicht ab, sondern räumte ihnen jede erdenkliche Bewegungsfreiheit ein, bis sie schließlich ihren Platz gefunden hatten, an dem sie sich bewähren konnten.

Nach der missglückten Lehramtsprüfung hatte Cyrill Napp den 29-jährigen Pater Gregor nach Wien an die Hochschule geschickt, um seine bis dahin autodidaktisch erworbenen Kenntnisse in den Naturwissenschaften auf eine gesicherte Grundlage zu stellen. Napp, ein studierter Orientalist, hatte ein klares Gespür für die neuen Anforderungen seiner Zeit. Ein technischer Umbruch war im Gange, der durch die Wissenschaften angetrieben wurde. So verpasste er dem St. Thomasstift eine neue Ausrichtung, bei der jeder Mönch gehalten war, sich ein Betätigungsfeld zu suchen, in dem er forschte, lehrte oder sonst wie zum Fortschritt und damit zur Prosperität der Gesellschaft beitrug. Neben den akademischen und staatlichen Institutionen organisierten sich Vereine, die in unterschiedlichen Bereichen Kompetenz sammelten, neue Errungenschaften publizierten und diskutierten, ob dies nun Pomologie, Bienenzucht, Meteorologie oder ganz allgemein Naturforschung war. In diesen Vereinen wirkten die Mönche an herausgehobener Position. Napp genehmigte Studien, Forschungsreisen, baute die Bibliothek aus und schuf so die Voraussetzung für eine Gemeinschaft gebildeter Mönche. Ein Bettelorden oder einer von Eremiten, wie es der Hl. Augustinus wollte, waren die Augustiner schon lange nicht mehr, die Herren marschierten in feinem schwarzen Tuch und mit Zylinder durch Brünn, und das Kloster selbst war alles andere als arm, aber sie beherzigten auf eine moderne Weise die Regel ihres gelehrten Ordensgründers, täglich einige Stunden zu studieren. Dass es sich dabei nicht mehr allein um die Bibel handelte, sondern um wissenschaftliche Werke aller Art, entsprach der Neuauslegung ihres Auftrags.

Draußen, auf den ersten Blick wie langgestreckte Rasenflächen anmutend, sah Abt Gregor nun die Zuckerrübenfelder mit ihrem grünen Blattwerk. Wie er an den kahlen Schneisen erkennen konnte, hatte die Ernte bereits begonnen. Immer der March entlang, die sich dicht an die Gleise heranschlängelte und dann wieder verschwand, näherten sie sich Dürnkrut. Er schob nun doch das Fenster wieder ein wenig auf, schnupperte und machte den erdig schweren Sirupgeruch aus der nahen Zuckerfabrik aus. Dann gingen Stöße durch den Zug, die Lokomotive bremste und er nahm sofort wieder seinen Platz ein, denn eine der dringlichsten Maßregeln für Zugpassagiere lautete, zur Vermeidung von Knochenbrüchen und Quetschungen den zugewiesenen Sitz möglichst erst am Ankunftsort zu verlassen. Entschieden wurde davor gewarnt, den Kopf auf Stöcke oder Schirme zu betten, um das Einstoßen von Zähnen zu vermeiden. Aus demselben Grund solle man vom Pfeiferauchen absehen, man könne sich Kieferverletzungen zuziehen. Als alter Mann war er beim Gehen und Stehen unsicherer geworden und daher gut beraten, sich nicht mit Maschinen anzulegen. Allerdings war die Erinnerung an seine frühere Gelenkigkeit und Kraft in ihm noch so lebhaft, dass er immer wieder ihm nicht mehr gemäße Kabinettstückchen wagte.

Als sie in den Bahnhof einfuhren, schienen sich die Geräusche der Lokomotive zu verdoppeln, sie kamen nun auch von der Seite, wo, wie der Prälat wusste, in einem langgezogenen Schuppen eine Dampfsäge aufgebaut war. Endlich stand der Zug und endlich sah man sie: eine Maschine mit tonnenförmigem Leib, ähnlich einer Lokomotive, die unter Dampf stand und mit Pleuel ein Rad bewegte, das über ein breites Band mit der Säge verbunden war. Darunter lag ein gesäuberter Baumstamm, der in so kurzer Zeit, wie es Menschen nicht vermocht hätten, entzweigeschnitten wurde. Er trat hinüber an das gegenüberliegende Fenster und verfolgte den Weg der Bäuerinnen, die mit ihren Kraxen den Zug verließen und sich nach Dürnkrut hinein Richtung Schloss aufmachten.

DIE BEIDEN JAHRE IN WIEN gehörten zu seinen glücklichsten. Er war frei, frei zu studieren und zu lernen, was immer er wollte, frei aber auch von der Klosterdisziplin. Und er machte ausgiebig davon Gebrauch, besuchte Kollegien in Physik, Chemie, Botanik und Zoologie und genoss das Stadtleben. Pater Gregor war Zimmerherr in einem Haus der Elisabethinerinnen. Morgens früh zelebrierte er eine Messe in der Spitalkapelle nebenan, frühstückte reichlich von dem, was die Schwestern aufgetragen hatten, um Hochwürden zu verwöhnen. Dann trat er den Weg ein Stück weit stadtauswärts in das nahe gelegene Physikalische Institut an. Seine Unterkunft lag außerhalb der Stadtmauern, und wann immer Zeit und Gelegenheit waren, marschierte er entlang der eingefriedeten Wege über die Grünflächen des Glacis, vorbei an dem Pferdeparcours zwischen Braun- und Dominikanerbastei über die Wienbrücke und schließlich durch das mächtige Stubentor hinein in die Stadt. Den ruhigen Weg nutzte er, um Brevier zu beten.

Abt Gregor tastete in seiner Ledertasche nach dem Zigarrenetui. Öffentliches Tabakrauchen war damals allerdings auch in dieser freizügigen Stadt per Dekret verboten, die Verwaltung fürchtete Brände, die bekanntermaßen bereits in vielen Städten gewütet und

Verheerung hinterlassen hatten. An der Brücke über die Wien sorgten Wachen energisch für die Einhaltung dieser Vorschrift.

Zu Hause hatten Bauern und Handwerker immer zu arbeiten, auch der Bürger auf den Straßen von Brünn hatte ein Geschäft vor Augen, wenn er sich aus dem Kontor hinausbemühte, während in Wien nicht selten Müßiggänger unterwegs waren, die gemächlich durch die Straßen schlenderten und nur um der Promenade willen unterwegs waren. Sie unterhielten sich auf offener Straße, widmeten sich angelegentlich der Umgebung, vor allem Neu- und Umbauten, und suchten dann eines der Kaffeehäuser auf, in denen man las, sinnierte und konversierte. Auch Frauen sah man alleine auf den Trottoirs. Er lernte schnell, dass man hier seiner Neugier freien Lauf lassen durfte, und gab sich nach Abschluss seiner Kollegien gern der Schaulust hin, denn Wien war nicht nur größer und prächtiger als die Orte, die er vorher gesehen hatte, auch seine Bewohner waren ganz anderer Art.

Auf seinem Weg in die Stadt hinein spazierte Pater Gregor meist den Salzgries entlang, wo Händler mit Zylinder, unter dem sich Schläfenlocken hervorringelten, und schwarzem Kaftan ihre Waren anboten: Pfannen, Töpfe und andere Gerätschaften, Hüte, Hemden und gebrauchtes Schuhwerk, Salat, Kohl, Eier und Geflügel, das gerupft und mit gelblich-runzliger Haut in Körben drapiert war. Aus der Kaffeestube roch es nach saurem Beuschel. Viele der Fenster standen offen und man verhandelte von draußen nach drinnen. Es war ein Schreien, Keifen und Klagen in Jiddisch, Galizisch, Slawisch, Ungarisch oder Italienisch – Klangwolken voller Dramatik und Gefühle, die aber für ihn ohne Inhalt blieben. Das Sprachengewirr trug nicht wenig zu seiner Entrückung aus den gewohnten Verhältnissen bei, denn er sprach neben Deutsch nur leidlich Tschechisch und war als Kleriker mit Latein und Griechisch vertraut. Interessiert musterte ihn eine junge Frau, die ihre dunkle Lockenfülle mit einem Kopftuch bändigte. Unter ihrer Jacke hielt sie ihr Kind an die Brust gelegt. Pater Gregor lächelte zu ihr hin, lüftete grüßend den Hut und deutete eine kleine Verbeugung an. Als ein barscher Ruf aus dem Haus sie zur Ordnung rief, verschleierte sich ihr Blick und sie wandte sich ab.

Immer wieder musste er den polternden Bauernwagen ausweichen, die auf hohen Rädern durch die Gassen fuhren und Körbe voll Eier, Gänse in Holzverschlägen und säckeweise Kartoffeln in die Stadt karrten. An ihrem Ziel angekommen, wurde die Fracht kurzerhand draußen vor den Läden zwischen den Herings- und Sirup- und Mehlfässern abgestellt. In den engen Seitengassen strichen Bettler und abgerissene Gestalten umher, die das Leben nur mit Mühe bewältigen konnten.

Auf dem Rückweg über die Herrengasse, den Kohlmarkt und den Graben versäumte er nie, den Stephansdom zu besuchen, wo dem Kirchenvater Augustinus ein würdiger Platz an der Kanzel bereitet war. Dort pflegte er Einkehr zu halten, und er konnte gar nicht anders, als sich in einem stillen Gebet für das große

Glück zu bedanken, das ihm widerfahren war. Er blickte nach oben, atmete tief und seine Brust weitete sich. Mit großer Zuversicht spürte er das Wissen in seinem Kopf wie einen Hefeteig wachsen und dennoch fand sich dort noch genug Platz für Gedanken der schönsten Art. Jedes Mal begann er über die fünfundzwanzigtausend Florin zu sinnieren, den Hauptgewinn in der jährlich stattfindenden Lotterie, für die er Lose in seiner Tasche trug.

»Wenn es dir gefällt, Herr, so lass mich diesen Preis davontragen.«

Seine Anrufung und Fürbitte waren von keinem schlechten Gewissen begleitet, denn er dachte das Geld als eine Abrundung einer gnädigen Fügung, die ihn bereits trug und die es ihm des Weiteren gestatten sollte, seine Schwester zu bedenken, die durch den Verzicht auf das ihr zustehende Erbe sein Studium in Olmütz erst ermöglicht hatte. Und natürlich seine Eltern. Er sah sich die große Summe mit vollen Händen weggeben und Gutes stiften. Er verließ die Kirche, bekreuzigte sich draußen vor dem Schmerzensmann an der Südostmauer des Doms, der in so elender und erbarmungswürdiger Verfassung dargestellt war, dass man ihn Zahnwehherrgott nannte.

Abt Gregor blickte auf die Glut seiner Zigarre, die unter der Asche nachglomm. Er hätte besser daran getan, sich frühzeitig in ihm, dem Schmerzensmann, zu erkennen. Stattdessen: zu viel erhofft, zu viel gewollt, zu weit hinaufgestrebt. Wenn der Herr geben wollte, gab er, er brauchte keinen Makler, der seine Geschäfte auf Erden erledigte. Er hatte ihn nicht zum Laureaten, sondern zum Diener erkoren.

Auch wenn er seinen Aufenthalt in Wien als Versprechen und nicht schon als Erfüllung begriffen hatte, war es eine schöne Zeit. Gegen Abend hin zog es ihn wie viele andere auch zum Karolinentor, durch das man in die gepflegten Anlagen des Wasserglacis gelangte. Tagsüber spielten dort Kinder auf den weitläufigen Grasflächen, Erwachsene spazierten umher oder ruhten auf den Bänken aus; in Buden wurden Süßigkeiten verkauft. Abends durchwebten Sehnsüchte und Begierden unterschiedlichster Art das Glacis: Paare promenierten, wer auf ein romantisches oder käufliches Rendezvous aus war, suchte und präsentierte sich dort. Regelmäßig spielten Tanzkapellen auf. Der Korso dauerte bis in die Nacht hinein an. Zentrum der Anlagen war der Kursalon, in dem verschiedene Mineralwässer und Erfrischungen ausgeschenkt wurden, sodass sich der gesellschaftliche Reigen um nichts weiter als die Pflege der Gesundheit zu drehen schien.

Pater Gregor saß in der Nähe des Kursalons auf einer Bank unter den Bäumen, hielt die Augen geschlossen und träumte. Die Musik wurde herangeweht, schlang ein Band um ihn, löste es wieder und verschwand danach im kaum noch Hörbaren. Er vernahm Schritte, mutmaßte, ohne die Augen aufzuschlagen, dass es ein Paar war, zwei, die sich untergehakt hielten und nun, Schritte von der anderen Seite, auf einen Bekannten trafen, einen Herrn der höflichen Art, mit dem sie ins Gespräch gerieten. Man tauschte Komplimente aus und beklagte dann das unbeholfene Spiel des zweiten Geigers und die Rücksichtslosigkeit der Tänzer, die ihre Partnerinnen allzu energisch hin und her schwangen und immer wieder in den Bereich der anderen eindrangen, den man eben benötigte, um einen Walzer oder eine Polka gemeinsam ausführen zu können.

Pater Gregor öffnete nun doch die Augen und sah zu seiner Verwunderung einen Hund vor sich. Nein, ein Hündlein, das seine Besitzerin an langer Leine mitführte. Mal sehen! Er beugte sich vor. Das Tier wirkte putzig, sein Fell war braun, gekräuselt und mutete wollig an, was ihn an einen kleinen Bären denken ließ. Schwarze Schnauze, Schlappohren, der Hals fest, der Kopf hoch und stolz getragen – ein Pudel, mochte man doch meinen! Dagegen sprachen die Augen, groß, rund und treuherzig wie bei einem Dackel, dazu die kurzen Beine. Der Körper nicht schmal und elegant, sondern muskulös-gedrungen. Kein elegantes Schreiten, sondern emsiges Vorwärtshoppeln. Pudel oder Dackel? Weder noch also, der Hund war ein Bastard, gemischt aus beiden Rassen.

Er lächelte. Was würden nun all die klugen Ordensleute wie Anselm von Canterbury, Duns Scotus oder William von Ockham zu diesem Tier sagen? Wie verhielten sich bei ihm das umfassend Allgemeine und das unverwechselbar Individuelle?

Nie dürfe man annehmen, Bruder Gregor, würden sie ihm antworten, dass der Begriff des Pudels oder der des Dackels eine Universalie sei. Dies sei ein Tier, und hier sitze ein Mensch, nur darüber lasse sich reden.

Aber seit wann wüssten wir denn so genau, welches Geschöpf ein Mensch und welches ein Tier sei? Nach Aristoteles gebe es Wesen, die nicht im vollgültigen Sinne als Menschen bezeichnet werden dürften, weil sie zum Dienen geboren seien.

Jäh fuhr der Zug an, der Stoß drückte ihn in die Polster und ließ von seiner Zigarre den Aschekegel zu Boden fallen. Nun also doch! Mit den Füßen scharrte und wischte Abt Gregor, um das Malheur unsichtbar zu machen. Und die drei Ordensbrüder gingen nach Aufkündigung des Disputs dorthin zurück, wo sie hergekommen waren: in den Himmel.

Aber die Anschaulichkeit seiner Erinnerung, was damals in den Anlagen des Wasserglacis vor sich gegangen war, verließ ihn dennoch nicht: Er streckte seine Hand aus, der Hund kam heran, schnüffelte und leckte an ihr. Er kraulte ihn hinter den Ohren und das zutrauliche Tier rollte sich auf den Rücken. Solche Hybridwesen ließen die Wahrnehmung schillern, mal rechnete man sie mehr dieser, mal mehr jener Rasse zu. Genau so standen ausdauernde und geschickte Kreuzungsforscher, wie Gärtner und Kölreuter, vor ihren Zuchtpflanzen, um dann festzustellen, dass einige dem mütterlichen, andere aber dem väterlichen Typus nähergerückt waren. Die präzise Bestimmung kapitulierte vor diesen Bastardindividuen, die wie zwei Bilder zu einem zusammengeschoben waren und nun keiner klar definierbaren Art mehr angehörten. Und doch ließen sich jeweils klare Merkmale nennen, mit denen man es auf einen Pudel oder Dackel zurückführen konnte, und ebenso unmissverständlich ließen sich Eigenschaften aufzählen, die ihm dazu fehlten, wie die spitze Schnauze des Pudels oder das kurze, borstige Fell des Dackels.

Dudel, Dadel, Packel oder Puckel? Ach was, wen kümmert's? Der Hund rollte sich auf den Rücken und ließ sich von Pater Gregor am Bauch kraulen.

»Mitzi, gehst her da!«

Die Besitzerin zog das widerstrebende Tier zu sich.

Noch am selben Abend notierte er in seiner Kammer Ideen, worauf es bei Kreuzungsversuchen ankomme und wie er im Gegensatz zu seinen Vorgängern verfahren würde. Rasch füllten sich die Blätter mit seinen Skizzen. Doch dann blickte er auf und lächelte. Der wievielten Filialgeneration Mitzi angehörte, war nicht mehr zu zählen, aber dass ihre Ureltern Wölfe waren, stand fest. Die Spuren zum Ursprung mochten verwischt sein, aber dass in einer von Gott eingerichteten Natur das Mischungsverhältnis elterlicher Beifügungen, die aus dem Hund einen Dackel oder Pudel machten, rein zufällig war, mochte er nicht wahrhaben. Er wandte den Blick himmelwärts. Es gab eine Regel, und sie, meine hochverehrten Brüder, ist die einzige Universalie, die Gott uns eingepflanzt hat, nicht als ungreifbares Abstraktum, sondern als wirkende Kraft.

DER ABT WÜHLTE in seinem Gepäck und zog dann zwei Äpfel hervor, die er in ein Taschentuch eingeschlagen hatte. Borsdorfer Renette. Er polierte sie und betrachtete sie voll Stolz. Die der Sonne zugewandte Seite war rot gesprenkelt, ansonsten war der Apfel grüngelb mit einigen rostfarbenen Flecken. Von ihm selbst gezüchtet in dem weitläufigen Klostergarten am Südhang des Gelben Bergs. Bei einem Handlungsreisenden, der Sämereien verkaufte, hatte er Edelreiser aus Trübau bestellt und sie auf robustes, aber von den Früchten her reizloses Apfelgehölz gepfropft. Er roch an der Frucht, vor allem am Kelch breitete sich ein säuerlich klarer Mostgeruch aus. Seine Sämlinge hatten ihm die goldene Medaille des Hietzinger Gärtnervereins eingetragen. Er schnitt den ersten Apfel auf. Welche Freude! Das Fleisch war weiß und so saftig, dass ein Tropfen an der Seite herunterrann. Mild und süß, aber immer mit feiner Säure, die den Geschmack dieser Frucht erst voll machte.

Die Edelreiser waren zur rechten Zeit gekommen, als er zu den Osterexerzitien von Wien in das St. Thomas Stift zurückgekehrt war. Fachmännisch in Sand verpackt lagen sie draußen in einer dunklen Ecke des Schuppens, und er machte sich sofort daran, sie auszubringen. Band sich die Schürze um und zog das geschwungene Kopuliermesser mehrmals rasch über den Stein. Am Handrücken prüfte er die Schärfe. Die dunklen Härchen schoben sich auf die langsam geführte Klinge und blieben dort, mühelos abgeschnitten, liegen. So musste das sein! Als er aufblickte, sah er seinen Abt Cyrill Napp vor sich. Schon gut, sagte der, er solle weitermachen, eine Stunde sei ja noch Zeit bis zu ihrer Zusammenkunft. Aber er wolle zusehen, wie Pater Gregor das ausführe. Also gingen sie gemeinsam in den Garten, langsamen Schritts, den er sich auferlegte, um seinen auf den Stock angewiesenen Abt nicht zu beschämen.

Cyrill Napp war Orientalist, aber sein Interesse kam nicht von ungefähr, denn er stand der Mährisch-Schlesischen Gesellschaft zur Beförderung des Ackerbaues vor. Um das Kloster herum und auf auswärtigen Gütern ließ er Versuchsgärten zur Pflanzenzucht anlegen. Natürlich hatten die Bauern seit jeher Techniken entwickelt, zufriedenstellende Ernten durch den Einsatz besonderen Saatguts zu erreichen, aber niemand wusste, warum der Segen ein Jahr lang wirkte und bereits im nächsten wieder verschwunden war. Napps Interesse war es, den Ertrag planen zu können. Die Gesellschaft bemühte sich, das verstreute Wissen zusammenzutragen und Forschung zu befördern, denn wer, wenn nicht das begüterte Kloster, hätte die Möglichkeit gehabt, sie durchzuführen? Napp hatte viel gelesen, die Kreuzung unterschiedlicher Merkmale führte zu unvorhersehbaren Resultaten: Ein schwarzer Täuberich und eine weiße Taube zeugten schwarze oder weiße

Nachkommen und in der nächsten Generation gefleckte Täubchen, graue Wildkaninchenmännchen jedoch immer graue Jungen, gleichgültig welche Farbe das Weibchen hatte, und bei Pflanzen, deren geschlechtliche Fortpflanzung nun als erwiesen gelten durfte, herrschte nach allgemeiner Auffassung eher ein Prinzip gegenseitiger Vermischung und Verdünnung vor, so wie man ein wenig Wein mit immer mehr Wasser zum Verschwinden brachte. Für den Abt stellte sich zudem noch ein weiteres Problem: Vor knapp zwei Jahren war Pater Anton Keller gestorben, der Züchtungsversuche mit Rebsorten und Melonen vorgenommen hatte. Napp, selbst dem Praktischen nie zugeneigt, suchte einen geeigneten Nachfolger und sah ihn in Pater Gregor.

Endlich waren sie bei den Obstbäumen angekommen, an denen der Gärtner bereits den Frühjahrsschnitt vorgenommen hatte.

»Erklären Sie mir Ihre Vorgehensweise, Hochwürden«, sagte der stets auf Förmlichkeit bedachte Abt.

»Natürlich, Euer Gnaden.«

Mendel zeigte auf die fast unversehrt gebliebenen Zugäste. Den Abwurf zum Pfropfen dürfe man nicht zu kurz halten, sonst ersticke der Baum im Saft. Der Kopf, dabei umfasste er den Aststummel, werde nicht zu groß geschnitten, er sei eine Wunde und die Überwallung koste den Baum Kraft. Napp nickte und sah zu. Pater Gregor arbeitete sicher und bedächtig, schälte den Pfropfkopf frisch, glättete die Wunde, wählte ein Edelreis mit kräftigen Knospen aus, formte sein Ende in mehreren durchgezogenen Schnitten zum Geißfuß, ritzte die Rinde unterhalb der Kopfwunde ein, löste die so entstandenen Flügel vom Holz und führte das Edelreis ein. Nur das frische, lebende Holz verbinde sich. Schössling und Ast wurden mit Bast umwickelt. Schließlich zog Gregor Mendel einen Klumpen Bienenwachs aus der Tasche und knetete ihn, um eine Schutzschicht auf die frische Wunde aufzubringen.

»Und das Prinzip, Hochwürden?«, fragte Napp.

Der Angesprochene überlegte eine Zeitlang und wischte zunächst das Messer ab.

»Wie in der Erziehung würde ich meinen: Gute Frucht wird auf kräftigen Körper gesetzt.«

Napp hatte alles genau beobachtet und war sicher, welche Berufung seinem Konfrater zukam: Es gab immer nur den einen richtigen Griff, Dinge und Geräte zu handhaben, und er verfügte über ihn. Zudem studierte er Naturwissenschaften und wusste, was er tat.

Der Reisende schnitt den zweiten Apfel auf, leckte daran und entfernte das Kerngehäuse. Mit Wehmut dachte er daran, wie ihn der Abt ein weiteres Mal im Klostergarten aufgestöbert und beobachtet hatte. Jede freie Minute verbrachte Pater Gregor dort. Band sich die lange Schürze um und schlüpfte in die Stiefel mit hohem Schaft, packte Gartengerät und Eimer und kroch zwischen den Beeten umher. Er lockerte die Erde, zupfte verwelkte Blätter ab, goss, klaubte Schnecken zusammen und sammelte sie im Eimer, vor allem aber sprach er unaufhörlich mit den Pflanzen. Ermunterte sie, kräftiger zu werden, lobte sie, wenn sie gediehen, und bemitleidete sie, wenn ihnen Schädlinge zusetzten. Endlich bemerkte er Cyrill Napp, der am Zaun lehnte und ihm zuhörte. Der Abt lächelte. Ob er sich denn nicht ausschließlich den Züchtungsversuchen widmen wolle, statt weiter dem Schuldienst zuzustreben? Pater Gregor richtete sich auf.

»Ungern. Ich sagte ja schon, ein großer Unterschied zwischen den beiden Arbeiten besteht gar nicht. Nur dass mir meine Pflänzchen hier nicht antworten wollen, Euer Gnaden!«

Napp bat ihn in die Prälatur, um die weiteren Pläne mit ihm zu besprechen. Zu Anfang eröffnete er ihm seinen Wunsch, Pater Gregor möge in die Ackerbau-Gesellschaft eintreten, die ihm besonders am Herzen liege. Man brauche dort Leute wie ihn. Dann lehnte er sich zurück, um sich die Überlegungen zu Kreuzungsversuchen anzuhören, die Gregor Mendel in Wien niedergelegt hatte. Der Ansatz war verwirrend, bisweilen sogar enttäuschend, denn als Philologe und Historiker fehlte Napp das philosophische Fundament in diesen Ausführungen, begründbare Annahmen zum Wesen der Natur, die er benötigte, um solche Vorgänge zu verstehen. Stattdessen wurde mit Zahlen hantiert. Schließlich endete die Erörterung mit dem Hinweis, dass die Voraussetzungen für solche Arbeiten im Kloster nicht ausreichend seien, denn außer einem kleinen Gewächshaus stünden keine geschützten Anlagen zur Verfügung.

»Ich verstehe nicht viel von Mathematik«, sagte Napp, »noch weniger von Statistik, aber welchen Wert hat das Jonglieren mit Zahlen für das Verständnis natürlicher Gesetzmäßigkeiten?«

»Alle Menschen sind Sünder«, erwiderte Pater Gregor. »Ein einziger Unbefleckter genügt, um diesen Glaubenssatz zu widerlegen.«

Napp winkte ab. Gedanken dieser Art waren frivol.

»Dann nehmen wir das Fallgesetz: Strebt auch nur ein Apfel dem Himmel statt der Erde zu, wenn er sich vom Baum löst, gilt es nicht mehr. Eine Regel müssen wir überall dort vermuten, wo dieselbe Erscheinung gehäuft auftritt. Beobachten wir nur das Einzelne, muss man den Zufall oder eine andersartige Abweichung immer ins Kalkül ziehen. Wir zählen also, um Gesetz und Ausnahme unterscheiden zu können. Das Beziffern macht Gegebenheiten nachprüfbar, wo andere nur von viel, von oft, von manchmal oder selten sprechen. Vermuten wir eine Regel, ist die große Zahl ein machtvoller Beweis.«

Napp nickte.

»Sie benötigen daher ausreichend vor der freien Natur geschützten Raum für eine möglichst große Anzahl von Versuchspflanzen.«

»Ja.«

Napp forderte Pater Gregor auf, seine Vorstellungen schriftlich niederzulegen, er werde sich dann um die nötigen Baugenehmigungen für ein Treib- und ein Gartenhaus sowie eine Orangerie im Prälatengarten kümmern.

DIE SONNE HATTE SICH mit mildem frühherbstlichen Licht aus dem Dunst hervorgearbeitet. Draußen faltete sich mit den Marchauen eine üppig wuchernde Naturlandschaft auf. Feuchtwälder und -wiesen, dazwischen Tümpel und Seen, auffliegende Schwalbenschwärme und in der Krone eines hoch aus dem Sumpf aufragenden toten Baums das trichterförmig gesteckte Nest einer Storchenfamilie. Aufgereckt auf seinen roten Stelzen stand der Vogel da, schlug die mächtigen Flügel und klapperte mit dem Schnabel. Das stehende Wasser war gesäumt von Kopfweiden, auf deren dicken, gestutzten Stämmen sich die biegsamen Ruten wie Fächer nach oben streckten. Eine Landschaft von tropischer Anmutung, in der nichts an die Nachbarschaft von Menschen erinnerte.

Abt Gregor seufzte. Stünde ihm das Wort so zu Gebote wie seinem Mitbruder Thomas Bratranek, hätte sich daraus ein lebendiger Bericht weben lassen. Für ihn war die Natur ein geistiges Erlebnis, die Landschaft prägte den Menschen und an ihr formte er sein Inneres. Den Philosophen brachte sie ins Schwärmen, nicht selten wurde er von den anmutigen Worten überwältigt, die ihm im Reden zuflossen. Bratranek liebte Romane. Pater Gregor konnte mit solchen eingebildeten Welten nichts anfangen, praktisch gestellte Rätsel gab es reichlich, ihre Lösung war anspruchsvoll genug.

Er hatte von einem Nachmittagsspaziergang einige Pflanzen mitgebracht, die er auf dem Tisch ausbreitete, um sie mit einer Lupe in Augenschein nehmen und bestimmen zu können. Erstmals in diesem Frühherbst war es draußen kalt geworden, und er schürte daher den großen Ofen an, der in der Ecke stand. Bald hörte man die brennenden Holzscheite knacken. Er nutzte die Gelegenheit, um eine Handvoll verschiedener Äpfel aus der Kammer zu holen, die er mit Zucker, Zimt und Butter in eine Reine zum Schmoren legte, auch um herauszufinden, welche der von ihm gepflegten Sorten sich am besten zum Braten eignete. Bald darauf kam Krizkovsky dazu, spielte auf dem Klavier, tüftelte dabei an einem neuen Chorlied, von dem er eine Passage in verschiedenen Variationen erprobte, und später dann auch Bratranek mit einem Buch unter dem Arm. Er blickte seinem Mitbruder über die Schulter.

»Aha, der Naturforscher! Ständig wägen, berechnen, nummerieren und klassifizieren!«

»Gibt es etwas dagegen einzuwenden?«

»Jedes rigorose Ordnungssystem führt sich selbst ad absurdum, das weißt du. Irre ich mich oder hat nicht Linné die Spitzmaus zwischen Nashorn und Pferd unter die Lasttiere gestellt? Und was machen wir mit dem Schnabeltier und flugunfähigen Wesen, wie Strauß oder Kasuar? Vogel, ja oder nein?«

»Mag sein, aber Abweichungen begreifen wir besser,

wenn wir eine Ordnung hergestellt haben. Worauf willst du hinaus?«

»Dass sich das Wesen der Natur nicht in Weingeist aufbewahren lässt!«

»Sondern?«

»Es ist ätherisch und nicht grobstofflich! Kein Werkzeug ist fein genug, die Harmonie des Ganzen zu verstehen. Nur unser Verstand und unser Gemüt!«

Unbeeindruckt davon arbeitete der Getadelte weiter, und eine friedliche Stimmung breitete sich unter den dreien aus. Das Klavier verstummte, Krizkovsky begann auf seinen Notenblättern zu notieren, Mendel blieb über seine Funde gebeugt, Bratranek klappte das Buch zu und strich versonnen über den Einband. Ein zartes Schmoraroma durchwehte den Raum.

»Amerika, Afrika, Asien, Indien vor allem: Herrliche, noch nie gesehene Naturschönheiten! Wusstet ihr, dass Siddhartha Gautama unter einer Pappelfeige, Ficus religiosa, in Versenkung geriet?«

Dann erzählte er von unbekannten Landschaften, die ihm durch das Lesen anschaulich vor Augen standen.

»Gewürzpflanzen, die wir hierzulande noch nie haben blühen sehen!«

Mit stillem Vergnügen widmete sich Pater Gregor einer Eselsdistel, die er gepflückt hatte. Bratraneks Exkursion wurde offensichtlich zunehmend von dem Aroma der Schmoräpfel getragen, das durch die Stube zog und das er schon geistig veredelte, bevor er sich von der sinnlichen Einfachheit seiner Wahrnehmungen hätte berühren lassen.

»Lauschige Lorbeerbäume, Laurus nobilis, Pfeffer-
sträucher, Piper nigrum mit ihrem scharfen Aroma,
süß-würzige Ingwergewächse, Zingiberacea, und Man-
gostanen, Garcinia mangostana mit ihren wohlschme-
ckenden, apfelgroßen Früchten.«

Schließlich hob Bratranek den Kopf und sog prüfend
die Luft ein.

»Brennt hier etwas an?«

Mendel stand auf und holte die Reine aus dem Wär-
mefach des Ofens. Die Früchte schmurgelten in brauner Butter, der Zucker war zu einer Karamellkruste ge-
schmolzen und zusammen mit dem Zimt verströmten
die gebackenen Äpfel einen verführerischen Duft. Er
hob einen Bratapfel aus der Reine, übergoss ihn mit
Butter, stellte ihn vor Bratranek hin und bot ihm einen
Löffel an.

»Werkzeug gefällig?«

Abt Gregor warf den Butzen seiner Borsdorfer Renette in den Abfall, zog sein Taschentuch hervor und
wischte sich die Hände ab. Natürlich hatte Bratranek
mit seinen Neckereien recht, als wertvoll erachtete er
Kenntnisse vom Wirken der Natur nur dann, wenn sie
nützlich waren. Richtig verstanden und eingesetzt
führten sie zu einer Technik, mit der sich das Leben
besser bewältigen ließ. Der Philosoph jedoch schämte
sich, wenn man ihm nachwies, dass er im Dienst der
Welt stand. Die höheren Werte, Schönheit und Selbst-
erkenntnis vor allem, trugen ihren Sinn in sich. Dieser
Blick richtete sich nach oben, der Pater Gregors nach
unten. Bratraneks Weg führte daher in eine Universi-

tätslaufbahn, denn höhere Bildung war humanistisch geprägt und bemühte sich um die Veredelung des Menschseins. Demgegenüber formierte sich eine Bewegung, die die Vermittlung der Realien: Naturwissenschaft, Technik, lebende Sprachen, berufliche Ausbildung, in den Vordergrund stellte. Das Ideal war der tüchtige Mensch, der den Anforderungen der modernen Zeit gewachsen war. In der neugegründeten sechsjährigen Oberrealschule bekam auch Brünn eine nach diesen Prinzipien ausgerichtete Anstalt, und Pater Gregor war glücklich, dort wiederum Verwendung als Supplent für Naturgeschichte und Physik zu finden. Die Lehramtsprüfung wollte er bald ein weiteres Mal in Angriff nehmen.

In unverminderter Geschwindigkeit näherten sie sich Drösing. Erstaunt und ein wenig bänglich blickte der Abt hinaus. Bei Abfahrt leistete das Material spürbar Widerstand gegen den Anschub, die mächtige Mechanik stemmte sich dagegen, in Gang gesetzt zu werden. Erst durch eine Entfesselung vulkanischer Gewalt gelang es, das schwarze Ungetüm vorwärts zu bewegen, ohne allerdings die Kraft vollständig bändigen zu können, der ungenutzte Überschuss entwich als Lärm, Rauch, Dampf und Hitze. Rhythmisch fauchend entlud sich der Kesseldruck und brachte die Luft in Schwingung, die Pleuel, die mit schweren Bolzen an den Rädern befestigt waren, wurden vorwärts gestoßen, um sie anzutreiben. Einmal beschleunigt, war dieses Geschoss nicht mehr aufzuhalten, und den Passagier begleitete daher die ständige Furcht, dass die Maschinisten die Kontrolle verlieren könnten.

Dabei passierte es manchmal, dass der Heizer das hergerufene Kommando des Lokführers überhörte. Oder er war noch an den Feuerungsröhren beschäftigt, bevor er den Befehl ausführen konnte, wie auch immer, jedenfalls hatte er diesmal die Bremskurbel zu spät betätigt, und der Zug fuhr zu schnell in den Bahnhof Drösing ein. Die Bahn warf sich wie ein bockendes Vieh hin und her, die Reisenden wurden mit derben Stößen durchgeschüttelt; der Widerstand der blockierenden Räder brachte den Stahl zum Kreischen, dann verdichtete sich das Getöse zu einem hohen, singenden Ton, bis der Zug endlich in einem letzten Aufbäumen stoppte. Der Rückstoß, der durch die Waggons ging, ließ Abt Gregors Ledertasche von der Sitzfläche herunterfallen, die Papiere ergossen sich auf den Boden und die Zigarren rollten über den Teppich. Er hielt sich an der Lehne fest und wartete, bis er ganz sicher sein konnte, dass der Zug zum Stillstand gekommen war, dann stützte er beide Hände auf die Knie und begutachtete die Bescherung, die das Manöver verursacht hatte.

Alle Habseligkeiten waren in Reichweite, zum Greifen nah, aber für ihn ganz weit weg. Wenn er sich im Stehen zu bücken versuchte, erreichte er mit den Fingerspitzen mühsam die Oberschenkel. Alles Weitere verhinderte der Bauch, der über die Jahre gewachsen war. Als Kirchenmann wusste er jedoch, wie man sich hinkniete, und wenn er nun die Soutane nach oben schlug, wo sie, zum Kurzrock verkleinert, um das Gesäß herum doppelt auflag, konnte er sich auf allen Vieren durch das Abteil bewegen. Wenn ihn nur niemand in dieser unwürdigen Stellung zu Gesicht bekam! Er sah aus wie …? Das Bild, das in ihm aufstieg, war so zwingend, dass er allen Besorgnissen zum Trotz grunzte, denn, zoologisch betrachtet, war er zum Hängebauchschwein mutiert, zu einem grauschwarzen Tier mit dicker, faltiger Haut und dem namensgebenden sackartigen Unterbau, der sich zum Boden hin wölbte. Der Himmel habe ihn, so hatte er an seinen Fachkollegen

Prof. Nägeli geschrieben, mit einem Übergewicht gesegnet, bei dem sich die Gravitation bemerkbar mache. Und die zerrte jetzt an seinem Bauch. Schnaufend und keuchend gelang es ihm, nach und nach alles in seine Tasche zurückzubefördern.

Schließlich kroch er wieder zum Sitz zurück, aber bevor er sich aufrichten konnte, hörte er von draußen ein beständiges Pochen so regelmäßig wie ein Herzschlag. Es näherte sich, erschrocken fuhr er hoch, klammerte sich an den gepolsterten Sitz und stemmte sich in einem Ruck nach oben. Als sein Kopf so plötzlich im Fenster auftauchte, blieb der Passagier auf dem Perron stehen und wandte sich um. Abt Gregor blickte in das Gesicht eines alten, bärtigen Mannes, der seinen Hut tief ins Gesicht gezogen hatte. Seine Augen, die auch noch unter den buschigen Brauen eisgrau wirkten, ruhten lange auf ihm. Erst dann wandte sich der Alte draußen ab und ging an einem knotig-groben Stock weiter den Bahnsteig entlang. Wieder ließ er dabei das energische Aufsetzen seines Stocks hören.

Abt Gregor lehnte sich seufzend in die Polster zurück. Immer wieder anders kam Kners kalter Blick auf ihn.

Der vierte Zusammenbruch war von allen Insubordinationen seines Leibes der schlimmste. Nachdem er, mit besten Referenzen der Brünner Staatsrealschule ausgestattet, nochmals um das Ablegen der Lehramtsprüfung gebeten hatte und ihm ein weiterer Versuch bewilligt worden war, lernte und studierte er so ausdauernd wie nie zuvor. Er war zudem kein Autodidakt

mehr und spürte, dass seine Kenntnisse auf einem brei-
ten, akademisch abgesicherten Fundament standen.
Mit dem Näherrücken des Termins wuchs jedoch auch
seine Angst, und er versuchte ihrer durch zunehmend
härteres Studium Herr zu werden. Als er dann Anfang
Mai den Zug nach Wien bestieg, fühlte er sich ausge-
zehrt und leer. Die schriftlichen Arbeiten, die er ein-
zureichen hatte, würden den Ansprüchen genügen, so
viel wusste er, denn sie waren mit Fleiß und Sorgfalt
erstellt worden.

Erschöpft, wie im Fieber, erreichte er schließlich
Wien und begab sich wieder in die Fürsorge der Elisabethinerinnen. Um sich abzulenken, streifte er im
Glacis umher. Zurück in seinem Zimmer nahm er einzelne Bücher zur Hand, um den Stoff zu repetieren,
aber es war, als sei die Schrift und ihre Bedeutung von
ihm abgerückt, ein Gewimmel von Glyphen, die wie
Ameisen über das Papier zogen.

Abends kniete er nieder und bat um Beistand. Aber
der Betende spürte bereits, dass er nicht erhört werden
würde, der Himmel, der sich über ihm wölbte, blieb
undurchdringlich schwarz. Die Nacht, die dann kam,
wurde fürchterlich. Er warf sich hin und her, schwitzte und zitterte, sein Herz begann zu rasen, bis ihn heftige Übelkeit packte und ihn Galle spucken ließ. Gegen
Morgen wurde er ruhiger, apathisch, aber nicht klarer.
In seinem Kopf hatte vielmehr eine Verödung eingesetzt, er war eine auf ihre vegetativen Funktionen ver-
kleinerte Kreatur. Er richtete sich im Bett auf, seine
Wahrnehmungen kamen so träge an ihn, als sickerten

sie durch einen Filter. Was übrig blieb, besagte nichts mehr, alles war unwirklich geworden. Doch dann, in diesem Gewoge von Gleichgültigkeiten, ein scharfer Schmerz, der ihn mit dem Gedanken überfiel, dass er in etwa vier Stunden eine schriftliche Prüfung abzuleisten hatte.

Er würde sie nicht bewältigen!

Tränen schossen ihm in die Augen, ein Stöhnen entrang sich ihm, dann packte ihn ein lang andauernder Weinkrampf. Zuckend und bebend arbeitete er sich aus dem Bett, ging hinüber zu der Waschschüssel und goss sich Wasser über den Kopf. Lange verharrte er unter dem Handtuch, mit dem er sich verhüllte.

Er würde diese Prüfung nicht bewältigen!

Schon jetzt überfiel ihn tiefe Scham, sein Abt, seine Mitbrüder, seine Eltern und Geschwister, vor allem aber Kner mit seinem kalten Blick – sie alle standen vor ihm. Keiner konnte ihn aus seiner Bedrängnis erlösen, er sah in ihren Augen Vorwürfe, Unverständnis, bestenfalls Bedauern.

Erneut fiel er auf die Knie: »Nimm mich, o Herr, von dieser Welt!« Das war das Schlimmste: Von oben kam nichts, kein Tadel, keine Hilfe, keine Antwort.

Schließlich setzte er sich an den Tisch, zog ein Papier hervor, um ein Entschuldigungsschreiben an die Prüfungskommission zu formulieren. Er sei krank, schwer krank, habe sich eine Gehirnerschütterung, nein: Lüge! eine Erschütterung des Kopfes zugezogen und bedaure zutiefst, nicht zu dieser Prüfung antreten zu können. Kratzend fuhr seine Feder über das Papier,

um zu unterschreiben, doch da, ohne die Bewegung be-
einflussen zu können, keilte sie beim Mittel-D seines
Nachnamens aus und glitt in großem Schwung über
das Papier, um das Geschriebene auszustreichen. In einem zweiten Versuch umklammerte er mit der linken
Hand das andere Gelenk, um es zu kontrollieren und zu
führen, aber die Rechte machte sich wieder selbststän-
dig und durchkreuzte den mühsam erstellten Text.

Er stand auf, ging hinaus, taumelte den Gang entlang, bis ihn Schwester Notburga fand und den Zerrüt-
teten in die nahe Ambulanz brachte. Er habe sich, so
stammelte er, eine Erschütterung des Kopfes zugezogen. Der Arzt stellte eine Trübung des Bewusstseins
und der Wahrnehmung fest, betastete ihn und legte
ihm schließlich auf seine Bitte hin einen Kopfverband
an. Er habe damit keine Angst mehr, dass ihm der Schädel zerspringe. Außerdem sah er endlich so aus, wie er
sich fühlte. Er bat Schwester Notburga, sie möge je-
manden in die Universität hinüberschicken, um zu
melden, dass er an der Prüfung krankheitshalber nicht
teilnehmen könne. Gleich danach machte er sich auf
den Weg zurück nach Brünn.

SCHLURFEND DURCHQUERTE Pater Gregor die Bahnhofshalle von Brünn und trat hinaus ins Freie. Er hatte gehofft, beim Anblick seiner Stadt neue Kraft schöpfen zu können, stattdessen erlosch jeder Wille. In stummer Resignation kapitulierte er vor dem kurzen Weg vom Bahnhof zum Kloster. Er setzte sich auf eine Bank und blickte hinüber zu der anmutigen Häuserzeile, die erst vor kurzem auf der Ferdinandstor-Bastei gebaut worden war. Hoch ragte der Dom auf dem Petersberg empor, dahinter trutzig die Spielberg-Festung; das war zweifellos Brünn, hügelig, vieltürmig, lebhaft und geschäftig, aber heute wirkte alles matt und grau, eingehüllt in eine Dunstglocke aus Rauch, der aus den vielen Schloten herausquoll und durch eine Umkehrung der Temperaturverhältnisse nach unten gedrückt wurde. Kein Lüftchen wehte, der Himmel war wolkenverhangen und der, der ihn bewohnte, hatte sich von seinem Knecht abgewandt. Das Band war zerschnitten, er litt, er hatte gerufen und gefleht, war aber ohne Antwort geblieben. Sonst führte Pater Gregor ein ständiges Gespräch mit Ihm, erläuterte sogar den beiläufigen Handgriff, lachte, seinen gütigen Tadel vorwegnehmend, über Ungeschicklichkeiten und kleine Verfehlungen, warb in der Stille des Gebets um Beistand für die großen Entscheidungen und fühlte sich dabei stets erhört und begleitet. Nun hatte der Herr sein Antlitz verhüllt und ihn einer Vorhölle ausgeliefert, in der Er ihn nur noch Schmerz über seine Abwesenheit spüren ließ.

Pater Gregor ließ seinen Blick schweifen, er suchte nach Zuspruch, der ihm sonst aus dem Vertrauten erwuchs. Geschäftige Passanten kamen aus den Parkanlagen des Franzensbergs, überquerten den weitläufigen Bahnhofsplatz und verschwanden dann durch das Ferdinandstor in der Stadt. Alles blieb fremd, nichts davon bedeutete ihm etwas.

So verging die Zeit.

Gegen Abend kam Kuntschik, ein Weinbauer, in seinem Karren über den Platz gefahren, sah ihn dort sitzen und lupfte den Hut.

»Guten Abend, Hochwürden.«

Pater Gregor lag auf seine Tasche gebettet wie einer, der auf der Bank sein Lager aufgeschlagen hat. Sein Zylinder war zur Seite gerutscht, und man sah den eingebundenen Schädel. Kuntschik begriff sofort, dass hier etwas nicht stimmte, hielt an und sprang vom Bock.

»Pater Gregor?«

Der Blick des Angesprochenen war nicht mehr von dieser Welt, er machte nur noch Anstalten, seine Hand zum Gruß zu heben. Kuntschik fackelte nicht lange, packte ihn und lud ihn samt Gepäck auf seinen Karren. So brachte er ihn zum Kloster, wo er der Obhut des Bruders Pförtner übergeben wurde.

In der Nacht setzte ein heftiger Fieberschub ein, und

der Kranke begann zu delirieren. Sie flößten ihm Tee ein und legten feuchte Wickel an. Er lag da, bewegte unablässig seine Lippen. Ein Rosenkranz, ein Anrufen der Nothelfer, eine Fürbitte? Später wurde das stumme Haspeln zum Murmeln, es sei Lateinisch, sagte der Bediener, aber von einer Art, wie er es in der Kirche noch nie gehört habe. Cyrill Napp stand mit Thomas Bratranek vor der Kammer, aus der sich nun sein Singsang herauswand.

»Was ist mit ihm?«

»Hohes Fieber. Er ist nicht ansprechbar, wir wissen nicht, was ihm widerfahren ist. Sein Bewusstsein ist vollständig getrübt. Hören Sie das?«

Bratranek legte das Ohr an die Tür und lauschte.

»Linnaeus. Systema Naturae.«

Pater Gregor zählte sie alle auf, hatte mit den Pflanzen begonnen, war von den Monandria zu den Polyandria gegangen, von den Didynamia, Monadelphia endlich zu den Cryptogamia. Wandte sich dann den Tieren zu, den Mammalia, Aves, Amphibia, Pisces, Insecta und Vermes. Vergaß auch nicht die Paradoxa. Zergliederte die Klassen in Ordnungen und Arten, betete in dieser Nacht den Aufbau der Natur in einer vielstündigen Litanei herunter.

Gegen Morgen verstummte er. Sein Leib wurde bretthart, drinnen glomm noch ein wenig Licht, so spärlich wie eine Kerze in einer dunklen Kammer, ein Rest Geist, der in einem siechen Körper eingesperrt war. Dr. Brenner tastete ihn ab, fühlte den Puls und maß Fieber.

»Und?«

»Ihm fehlt«, sagte der Arzt, »jeglicher Lebensmut, er hat sich aufgegeben.«

»Welcher Art ist diese Krankheit? Körperlich oder geistig?«

Dr. Brenner wurde akademisch.

»Beides. Das Leiden wütet im Körper, weil nur er den Gesetzen des Stofflichen unterworfen ist: Zeugung, Wachstum, Verfall und schließlich Fäulnis, aber es findet im Geistigen einen Resonanzraum, in dem es sich in Bildern und Deutungen vervielfältigt und verstärkt, weil es nicht nur hingenommen, sondern verstanden werden will.«

In der Tat wurde aus dem Fieber ein Rad, das Pater Gregor wie ein Zugtier Stunde um Stunde bewegen musste, ohne das Wasser, das dabei aus der Tiefe des Brunnens geschöpft wurde, trinken zu dürfen. Diesen Kreislauf durchlebte er immer wieder und mit jedem Ende fand die Tortur einen neuen Anfang.

»Der kranke Körper gibt den Geist nicht frei«, ergänzte Dr. Brenner, »im Gegenteil, er formt alle seine Aufführungen. Nur im gesunden Menschen darf der Geist ätherisch werden.«

»Und die Ursache?«

Jetzt trat Bratranek hinzu.

»Liegt zweifellos im Gemüt.«

Napp blickte fragend auf Bratranek, der die heikle Erörterung an Dr. Brenner weitergab, denn das Gemüt war nichts anderes als der sterbliche Anteil der unsterblichen Seele.

»Es schafft einen Ausgleich zwischen Körper und Geist, wenn nicht, werden beide beschädigt. Denn dort heben wir ein Bild unseres Wesens auf, das nicht nur wiedergibt, was wir für uns sind, sondern auch was wir gerne wären.«

Napp zuckte die Achseln.

»Aber was tun wir jetzt?«

Dr. Brenner schloss seine Tasche.

»Er hat sich eine Aufgabe gestellt, die er nur selbst lösen kann.«

In den Tagen danach setzte sich sein Siechtum fort, er aß und trank nicht, kraftlos und apathisch lag er in seiner Kammer. Die Lage wurde ernst, der Abt wusste sich nicht anders zu helfen, als seine Verwandtschaft zu verständigen.

Pater Gregor schlug die Augen auf.

»Vater!«

Auf dem Stuhl neben seinem Bett saß Anton Mendel, den Oberkörper nach vorne gekrümmt. Hinter ihm stand, auch im Alter noch ein Musterbild militärischer Haltung, Antons Bruder Johann. Aus dem ehemals gedrungenen und kräftigen Bauern war ein verkrüppeltes Männlein geworden. Bei der Arbeit damals war ein Baumstamm auf ihn gerollt und hatte seinen Brustkorb eingedrückt. Von dieser Verletzung war er zeitlebens nicht mehr genesen. Herz und Lunge waren beeinträchtigt, er schnaufte schwer und rasselnd. Weil er die anfallenden Arbeiten nicht mehr verrichten konnte, hatte er den Hof an den Mann seiner Tochter Veronika übergeben. Er fasste mit seiner schwieligen Hand nach der seines Sohnes. Mit den überscharfen Sinnen eines Kranken witterte Pater Gregor einen Geruch von Feld und Stall. Auf dem Tisch stand ein Korb voll frischer Gurken.

Anton Mendel hatte den für ihn so beschwerlichen Weg auf sich genommen, obwohl er bereits vom nahen Tod gezeichnet war. Wasser war in seiner Lunge festgestellt worden, an seinem Hals zeichneten sich die überfüllten Venen ab. Das komplizierte Zusammenspiel von Körper, Geist und Gemüt war ihm fremd geblieben, sein Lebensweg war vorgezeichnet, er hatte stets gewollt, was er tun musste. Er lebte so geradeaus wie seine Vorfahren, seine Vorstellungen und Wünsche kannten kein Darüberhinaus. Die Mendels blieben robust und ausdauernd, wenn ihnen kein Unglück wie ihm zustieß, und er spürte wohl, welchen Gefährdungen einer ausgesetzt war, der die Gewissheiten ihrer überkommenen Lebensweise hinter sich gelassen hatte, auch wenn er über keine Mittel und Worte verfügte, dem Ausdruck zu geben.

Pater Gregor sah die groben Hände, den eingedrückten Brustkorb, das faltige Gesicht, hörte das kurzatmige Rasseln und Pumpen und roch den Korb voll saftig grüner Gurken. Er zog die Decke über sein Gesicht und trocknete die Tränen, die ihm in die Augen schossen.

Endlich brach sich ein erster Lichtstrahl durch den Nebel seines dumpfen Vegetierens.

Sein Vater und sein Onkel machten keine Anstalten zu gehen, sie redeten nichts, erwarteten nichts, wurden nicht unruhig – sie hielten einen Tag lang Wache am Bett. Dann ließ sich Anton Mendel von seinem Bruder aufhelfen.

»Hochwürdigster Herr Sohn«, sagte er zum Abschied, »gehen wir wieder an unsere Arbeit.«

Ein halbes Jahr nach dem Besuch in Brünn starb sein Vater, am Krankenbett hatten sie sich zum letzten Mal gesehen. Der Abt bekreuzigte sich und sprach ein kurzes Gebet. Dann schaute er hinaus, denn der Zug wurde auf freier Strecke langsamer. Noch war nichts zu sehen, aber offenbar bemühten sich Maschinist und Heizer, den Zug diesmal rechtzeitig zum Stehen zu bringen. Jetzt kam das Bahnwärterhäuschen in den Blick und bald danach erreichten sie Bernhardsthal. Vor einigen Jahren war ein schmucker Bahnhof mit vorspringendem Mittelbau errichtet worden. Dahinter standen Lindenbäume und wiegten sich im Wind. Abt Gregor öffnete das Fenster, ein laues Lüftchen wehte herein. Unterbrochen vom Zischen und Fauchen der Lokomotive lag ein Brummen in der Luft, die Bäume waren Spätblüher und wurden von Hummeln umschwärmt. Jetzt roch er den saftig-honigsüßen Duft aus Nektar und Pollen, der den Blüten entströmte. Auf dem Holzzaun, der den Bahnhof umfriedete, saß ein Junge, beobachtete den Zug und schlenkerte die Beine.

»He, du da!«

Abt Gregor winkte den Jungen heran. Er sprang vom Zaun und kam an den Zug gelaufen. Der Abt zog einen Leinenbeutel aus seiner Ledertasche und hielt ihn durch das Fenster hinaus.

»Was ist, Herr Pfarrer?«, fragte der Junge, für den offenbar ein Schwarzrock wie der andere war.

»Sei so nett, pflücke Lindenblüten für mich und stecke sie in das Säckchen!«

Er holte seinen Geldbeutel hervor und reichte dem Jungen eine Münze hinunter.

»Ullmann!«

Der Kondukteur wandte sich um.

»Wie lange haben wir Aufenthalt?«

Ullmann wiegte unentschieden den Kopf.

»Dann warten wir bitte so lange, bis mir der Junge die Blüten gepflückt hat.«

Ullmann hob, Einverständnis signalisierend, die Hand. Schwierigkeiten entstanden dadurch nicht, der Fahrplan war nicht minutengenau, sondern diente nur der groben Orientierung.

Abt Gregor ließ sich in seinen Sitz zurücksinken. Tilia platyphyllos, Sommerlinde, ihre Blüten eigneten sich gut gegen Erkältungskrankheiten und Husten. Aber auch für die Behandlung von Krämpfen, Rheuma, Ischias und vor allem Nierenentzündungen. Deshalb brauchte er sie. Durch das Fenster beobachtete er, wie geschickt der Junge auf dem Baum herumkletterte und emsig sammelte. Bald schon kam er angelaufen und reichte ihm einen prall gefüllten Beutel herauf.

»Gute Arbeit!«

So hatte es sein Vater gesagt, wenn er sich als anstellig erwies. Der Wert dieses Lobs welkte nie, er erstrebte es für alle seine Tätigkeiten. Schon deshalb hatte er dem Weckruf seines Vaters Folge geleistet, mit dem ihn dieser aus der Umnachtung seiner Krankheit holte. Prälat Napp sah mit Freude, dass der Kranke bald nach dem Besuch der Verwandtschaft sein Lager verlassen konnte und wieder unter den Brüdern weilte. Napp ahnte, woher diese schwere Krise rührte, vermied jedoch das Thema, um das empfindsame Gemüt seines Konfraters nicht erneut zu verletzen und um zu verhindern, dass er sich in Selbstvorwürfen und Gram weiter verzehrte. Er war fest davon überzeugt, dass Pater Gregor das Seine noch leisten würde, wenn man ihm das passende Betätigungsfeld zuwies, und das war draußen im Klostergarten.

Der Garten war nach seinen Vorstellungen umgestaltet worden. Neben den Beeten, in denen Gemüse für die Küche angepflanzt wurde, Karotten, Kohl, Kürbis, Petersilie und Gurken, stand nun im nördlichen Teil ein neues Treibhaus. Die Konstruktion war nicht nur zweckmäßig, sondern auch geschmackvoll, die Enden zierte ein Portikus mit großen Bogenfenstern. Dazu hatte Napp das frühere Gewächshaus zu einer Orangerie umbauen lassen, die im Sommer vollständig für Kreuzungsversuche zur Verfügung stand. In der Tat, Platz gab es damit genug, und Pater Gregor wusste es ihm zu danken, indem er sich in die Arbeit stürzte.

Alles war vorbereitet, draußen im Garten und im Gewächshaus in Töpfen rankten sich Erbsenpflänzchen hoch. Aus den umliegenden Samenhandlungen hatte Pater Gregor schon vor zwei Jahren vierunddreißig verschiedene Sorten bezogen, Pisum sativum, wenn man es nicht zu genau nahm und sie nicht ihrer unterschiedlichen Ausprägung wegen in weitere Unterarten aufgliederte. Worauf es bei solchen Versuchen ankam, hatte Pfarrer Schreiber, ein guter Landwirt und kundiger Pomologe, nicht nur den Kindern, sondern auch den Bauern in Heinzendorf, dem Heimatort der Familie Mendel, schon damals gezeigt. Sonntags nach der Messe durften ihn die Kinder in den Obstgarten begleiten, wo er sie im Pfropfen und Okulieren unterrichtete. Die Anlage war lieblich und vielfältig, leicht konnte sich der Betrachter in den Formen und Farben verlieren. Aber Pfarrer Schreiber legte den Versuchsgarten nicht an, weil er die Schönheit der Natur herausarbeiten und ihr beim Wachsen und Blühen zusehen wollte, vielmehr war ihm die Ausbildung von geschickten Bauern angelegen, die wussten, welche Sorten einzusetzen waren, um ausreichend und gut ernten zu können. Wenn man saure, saftige Frucht mit süßer, mehliger kreuzte, wurden die Äpfel dann süß und saftig oder sauer und mehlig? Was musste man tun, um gelbe oder rote Rosen zu züchten? Welche Arten verband man, um robustes, wenig schädlingsanfälliges Getreide zu bekommen? Welche Kartoffeln waren anfällig für Krautfäule? Für den Bauern zählte nur das, was im Garten oder auf dem Acker stand und in die Scheuer eingefahren werden konnte.

Mit diesem bäuerlichen Blick entschied sich Pater Gregor für klar umrissene Merkmale, die er bei seinen Erbsenpflanzen vor Augen hatte: Von welcher Form waren die Samen, rund und glatt oder schartig und runzlig? Von welcher Farbe die Blüten, weiß oder violett? Wo standen die Blüten, in der Mitte des Stengels verteilt oder am Ende? So verlegte er sich auf einander entgegengesetzte Eigenschaften, die so klar und einfach festzustellen waren wie süß oder sauer, gelb oder rot, und von jedem, der seiner Sinne mächtig war, nachvollzogen werden konnte, ob das eine oder das andere zutraf.

Zwei Jahre hatte er nur darauf verwendet zu überprüfen, ob seine Pflanzen das taten, was er von ihnen erwartete, dass nämlich aus runzligen Samen nur runzlige nachkamen, dass Weißblütler ausschließlich Weißblütler zeugten. Und auf diese Weise stellte er sie in ihren jeweiligen Gegensatzpaaren einander gegenüber, rechts die achsenständigen Blütler, links die endständigen, und dann rechts die hoch- und links die kleinwüchsigen Pflanzen. Als sie schließlich kräftig genug gediehen waren und vor der Blüte standen, kroch er, ein Säckchen hinter sich herziehend, die Pinzette hinters Ohr geschoben, von Pflanze zu Pflanze. Erbsen sind gemischtgeschlechtlich, daher machte er aus einer ganzen Reihe zunächst einmal weibliche Pflanzen. Schnaufend, hin und wieder ächzend beugte er sich seiner Kurzsichtigkeit wegen ganz nah über die Pflanzen, öffnete bedächtig mit seinen gepflegten Priesterhänden die noch unreife Blüte, holte die Pinzette hinter dem Ohr hervor, entfernte die inneren Schichten, das sogenannte Schiffchen, und legte damit die Staubgefäße frei, den männlichen Teil des Befruchtungsapparats. Wiederum die Pinzette benutzend, zog er die kleinen Pollenstengel heraus und versorgte sie in sein Säckchen. Dies musste im unreifen Zustand vorgenommen werden, später wurde die Narbe klebrig, hätte jedes herabfallende Pollenkorn bei sich behalten und sich so selbst befruchtet.

Pflanze für Pflanze schob er sich vorwärts, bis er die ganze Reihe in rein weibliche Exemplare verwandelt hatte. Damit sich niemand, wie etwa der Erbsenkäfer, in die Fortpflanzung seiner Schützlinge einmischte, band er jeder Blüte ein Tüllsäckchen um, die er, bereits zugeschnitten, aus einer Tüte in seiner Kutte holte; den Bindfaden dazu zog er von einer Rolle und biss die passende Länge mit den Zähnen ab.

Es gab einen Stoß, der Zug fuhr an, und sie verließen Bernhardsthal. Am Ortsausgang wurde die Trasse über ein Viadukt geführt, das einen großflächigen Fischteich in zwei Hälften teilte. Prüfend blickte der Abt an sich hinunter. Mit gestreckten Fingern fasste er an seinen Bauch und drückte ihn, als gelte es, seine Polsterung zu examinieren. Unvorstellbar von heute aus betrachtet, dieses Maß an Gelenkigkeit und Zähigkeit, das er damals aufzubringen imstande war. Steif, korpulent, kurzatmig war er nun geworden, und ja: krank. Er nahm die Brille ab, fischte aus der linken Tasche sein Schnupftuch und wischte sich wieder über das feuchte Gesicht. Diese Geste versetzte ihn fast körperlich in die damalige Zeit zurück, denn im Gewächshaus von Brünn war ihm ständig zu heiß, er schwitzte, seine Brille beschlug, aber für alles gab es einfache und zweckmäßige Lösungen: links das Schweißtuch, rechts das Sacktuch, mit dem er die Brille trockenrieb.

Ein paar Tage später, die Narben waren nun klebrig

geworden, kroch er erneut von Pflanze zu Pflanze. Um freier hantieren zu können, hielt er den Holzstiel des Pinsels zwischen die Zähne geklemmt, ein Künstlergerät mit einem Besatz in Katzenzungenform aus Kamelhaar, Camelus dromedarius. Maler arbeiteten damit an besonders zart auszuführenden Bildern wie Aquarellen. Gerade richtig für ihn, denn das Material durfte nicht hart und borstig sein; um kein Pflänzchen zu verletzen, musste es weich wie Nackenflaum sein. Nur das Unterhaar vom Fell eines Jungtiers hatte für diesen Pinsel Verwendung gefunden. In der linken Reihe legte er die Pollenfäden frei, nahm sie mit dem Pinsel auf und wandte sich nun nach rechts, wo er die Narbe der Blüten bestäubte, denen er das Häubchen abgenommen hatte. Anschließend band er sie wieder zu, um eine Pollenübertragung durch den Wind oder Insekten zu verhindern.

Damit war das Nötige getan, den weiteren Fortgang des Experiments besorgte die Natur. Die Erbse war genügsam, viel blieb nicht zu tun: Die Erde ein wenig auflockern, Unkraut auszupfen und den Boden wässern. Dennoch sah Pater Gregor immer wieder nach seinen Pflanzen in ständiger Sorge um ihr Gedeihen. Für die Hochwüchsigen hatte er, um Windwurf zu verhindern, eine Rankhilfe aus Holz angebracht, an der sie emporklettern konnten. Wenn sie sich verirrt oder mit anderen verhakt hatten, setzte er sie auf den richtigen Weg zur Sonne empor; gerne fuhr er auch einfach den Stengel entlang und ließ das Blattwerk durch seine Hand gleiten.

Im Spätsommer hingen pralle, dickfleischige Schoten herab. Wären sie für das Refektorium bestimmt gewesen, hätte man sie nun geerntet, aber für Pater Gregor waren ausschließlich die Samen von Bedeutung, daher wartete er, bis die Hülsen fest und faserig und die Erbsen darin mehlig und trocken wurden.

Dann endlich war es so weit!

Mit beschrifteten Holzkisten ging Pater Gregor durch die Reihen und erntete die Schoten. Diese Samen waren Hybride, in denen jeweils entgegengesetzte Merkmale durch Bestäubung verbunden worden waren, sie mussten daher getrennt gepflückt und verwahrt werden. Welches dieser Merkmale sich durchsetzen oder wie es sich mit dem anderen mischen würde, konnte man erst in der nächsten Generation beobachten. Eines allerdings stand jetzt schon fest: die Form der Samen.

Von draußen ertönte das Glockenspiel der Windharfe. Pater Gregor dachte an das Schellen der Ministranten bei der Wandlung; gespannte Erwartung gepaart mit einem Gefühl von Demut kam an ihn. Die Hülse knackte, als er sie am Einschnitt brach. Dann fuhr er ihn mit dem Daumennagel ab, schlitzte die Schote auf und öffnete sie. Drinnen lagen sechs Erbsen nebeneinander wie in einem Etui aufgereiht. Alle waren rund, keine zeigte eine schartig-runzlige Form.

Der Prälat schnaufte hörbar und entzündete sofort eine Zigarre. Obwohl nur wiedererinnert, packte ihn die Aufregung dieses allerersten Moments, der ihn schwindelnd hoch erhob und ihm die Aussicht auf eine unabweisbare Regelmäßigkeit eröffnete, eine Aussicht, die ihm schon im nächsten Jahr zur Gewissheit wurde, denn alle seine ausgesäten und aufblühenden Hybriden hielten sich daran: Ein dominierendes Merkmal überdeckte das jeweils andere nahezu vollständig. Die Hülsen waren einfach gewölbt, die Blüten violett, Pflanzen hochgewachsen und so fort. Dies war zweifellos eine Botschaft, mit der sich das innere Wirken der Natur zu erkennen gab.

»GUTE ARBEIT!«

Was er säte, gedieh, die nächsten sieben Jahre wurden eine große Zeit. Er erntete und zählte, saß in der Orangerie und pulte Erbsen. Getrocknete Pflanzen wurden in Kästen verwahrt, Samen und Hülsen in Tüten aufgehoben, sortiert, beschriftet mit Merkmalen und Herkunft. Es mochten wohl zehntausend Pflanzen samt ihren Blüten und dreihunderttausend Erbsen sein, die er begutachtete und registrierte. Wie einen Teig knetete er sein Material in immer neue Formen, er schätzte, verglich und rechnete, versuchte die Zahlenkolonnen, die er aufgezeichnet hatte, mit einer Idee zu beleben.

Zahlen waren exakt, sie taten nichts hinzu und nahmen nichts weg. Sie logen und übertrieben nicht. Sie hefteten den Dingen etwas an und reihten sie ein, in ihnen verflüchtigte sich die Bedeutung, weil sie aus zwei Äpfeln und vier Zwetschgen sechs Stück Obst machten, sie schufen Bezüge, weil der Bauer doppelt so viele Zwetschgen wie Äpfel geerntet hatte. Mit Ausnahme der Null sprachen sie nicht, alle anderen Zahlen mussten zum Reden gebracht werden, aber ihre Geduld und Gleichgültigkeit gegenüber dem, was man an sie herantrug, waren unendlich groß.

Pater Gregor liebte Zahlenrätsel wie das Schachspiel. Das Brett stand voller Figuren, mit jedem Zug suchte man eine Lösung der gegebenen Konstellation, indem man seine Wirkung mit den wahrscheinlich eintretenden Reaktionen abglich. Vor jedem nächsten Schritt waren die Möglichkeiten weitgespannt, nach ihm waren sie ausgelöscht zugunsten der getroffenen Entscheidung. Aber wie der Spieler von Partie zu Partie lernte und sich entwickelte, so ging Pater Gregor immer wieder zum Ausgangspunkt zurück, um seinem Material mit neuen Einfällen beizukommen. Dieses Tüfteln belastete ihn nicht, er wachte frohgemut auf, betete, versah seinen Dienst als Hilfslehrer, und ließ seine Erbsen bei jeder Gelegenheit im Kopf in Gruppen und Jahrgängen paradieren, so wie die Schüler zu festlichen Anlässen im Schulhof der Reihe und Klasse nach aufmarschierten. Er gedieh im selben Maß wie seine Pflanzen und legte an Umfang zu, aß und trank mit großem Appetit, denn das Leben war arbeitsreich, aber schön, der Sinn und Zweck seines Tuns fraglos und greifbar.

Endlich stand ihm alles in schöner Ordnung vor Augen, er setzte sich hin, seine Notiz-Konvolute und Proberechnungen ausbreitend, und begann seine Ergebnisse zusammenzufassen, so wie sie sich ihm dargeboten hatten: *Versuche über Pflanzen-Hybriden* von Gregor Mendel.

Der Prälat hielt inne, paffte und faltete die Hände. Rückblickend betrachtet waren die *Versuche* Berichte eines botanisierenden Mönchs aus seinem heimischen Garten. Heimatkunde. Naturforscher von Format wie Forster, Humboldt, Brehm und Darwin waren weltläufig, sie segelten auf allen Weltmeeren und riefen Giraffen, Flattermakis und fliegende Fische ebenso selbstverständlich auf wie Eichhörnchen und Hausschweine. Mit großem Interesse hatte Pater Gregor damals die zweite Auflage der deutschen Übersetzung von Darwins *Entstehung der Arten* studiert. Ein bedeutender Denker. Er war im April dieses Jahres gestorben, Kreuzzeichen, Gott sei seiner Seele gnädig!, auch wenn es sonst kaum einen Kirchenmann gab, der ihm das wünschte. Das Kleine, die Beobachtung erstrahlte bei ihm im Licht übergreifender Zusammenhänge, die Biologie begann die Entwicklungsgeschichte des Lebens zu erzählen, das sich ständig ändernden Bedingungen ausgesetzt war, die seine Entfaltung lenkten. Darwins Gedanken übten von Anfang an einen Sog auf die interessierte Öffentlichkeit aus, überstiegen ihren Urheber und wurden rasch zu einer Philosophie, in der sich Gesagtes und Vermeintliches verwirbelten.

Professor Makowsky hatte im Naturforschenden Verein Brünn einen mitreißenden Vortrag über Darwins Forschungen gehalten, der die Anwesenden in den Bann großer Perspektiven schlug. Alle glaubten zu verstehen, man musste ja nur aus dem Fenster schauen. Draußen veränderte sich die Welt. Freilich, noch vor fünfzig Jahren brauchte man für die Strecke von Wien nach Brünn zwei Tage. Jetzt saß der Reisende im gepolsterten Coupé, blickte der vorbeifliegenden Landschaft hinterher und langte in vier Stunden in Brünn an. Der zivilisatorische Fortschritt hatte alle Bereiche des Lebens ergriffen, die Gesellschaft bewegte sich und entwickelte sich nach oben. Und mit Darwin glaubte man zu begreifen, dass die Überlebensgesetze der Arten und Individuen in der Natur denen in der Gesellschaft entsprachen, denn unter dem strengen Regime der Zuchtwahl hatte nur das Beste Bestand. Sie inspirierte das Angebot wie der Käufer in einem Greißlerladen, wägte und nahm ausschließlich, was ihr zusagte. Alles andere verlor, über kurz oder lang jedenfalls, seine Daseinsberechtigung.

In Darwin fanden alle das Ihre, gleichgültig, ob er das je zum Ausdruck gebracht und gewollt hatte. Vor allem die Kirche bezog mit der Entschlossenheit einer alten Macht Stellung, weil sie nun das entscheidende Gefecht des Glaubens mit dem Wissen heraufziehen sah. Dass Gott am sechsten Tag nur ein Affenwesen gelungen sein sollte, aus dem erst noch ein Mensch werden musste, durfte nicht hingenommen werden. Der Prälat zuckte die Achseln. Nicht das Wissen, sondern das Halbwissen war das Problem, seine Unvollständigkeit und Unzulänglichkeit führte von der Religion weg, in den wahrhaft tiefen Einsichten begegnete man dem Schöpfer. Hatte Gott denn die Teerose erschaffen? Oder die von ihm gezüchtete gefüllte Mendelfuchsie, die bei Gärtnern allseits geschätzt war? Wie konnte man den Allmächtigen nur so kleingeistig denken? Er löste die gefalteten Hände voneinander, spreizte die Finger seiner Rechten und hielt sie vor sich hin. Landwirbeltiere würden nie mehr als fünf Glieder aufweisen, gleichgültig, wie vorteilhaft doppelt so viele auch für das Aufklauben und Schälen von Kartoffeln sein könnten. Gott war der Herr der Regeln, mit denen sich so vielfältige Gestaltungen hervorbringen ließen wie Züge beim Schachspiel. Die Zuchtwahl konnte nur mit dem arbeiten, was ihr der Schöpfer zur Verfügung stellte. Der Abt verschränkte die Finger ineinander und legte sie auf seinen Bauch. Diesem Problem hatte auch Darwin nicht genügend Aufmerksamkeit gewidmet, er hatte nie die Frage gestellt, warum Merkmale weitergegeben wurden und welcher Art sie waren. Was verschwand, was blieb, was kehrte zurück? Wenn Pflanzen, Tiere und Menschen ihre Veranlagung stets nur gemischt und intermediäre Individuen hervorgebracht hätten, wären alle längst gleich, gäbe es keine roten, weißen oder gelben Rosen mehr, keine blonden, rot- oder schwarzhaarigen Menschen, keine Puckel oder Dudel, die sichtbare Erinnerung an ihre Herkunft wäre für immer ausgelöscht. Kein Zweifel, auf diesem Wege konnte es die Natur im Speziesmachen nicht weit bringen!

Und doch war da eine knappe Stelle in Darwins *Entstehung der Arten*, die ihn hatte hoffen lassen, dass auch sein kleiner Beitrag Beachtung finden könnte: Merkwürdig sei, so Darwin, dass sich die erste Generation von Bastarden im Gegensatz zu den folgenden so unverändert zeige. Diese Tatsache verdiene Beachtung. Pater Gregor unterstrich die Passage doppelt, denn sie richtete sich direkt an ihn, weil er eine Antwort darauf zu geben wusste.

An seiner Stirn spürte er einen kalten Luftzug. Sofort legte er sich das karierte Plaid über die Schultern.

Damals bei der Niederschrift seiner Ergebnisse

herrschte Winter. Die Pflanzen verkapselten sich in der Erde, ihre Lebensenergie kam zum Stillstand. Die Tage waren kurz und grau, die Nächte dunkel und kalt. Der Bauer verrichtete die spärlich gewordene Arbeit, versorgte das Vieh, schnitzte oder schreinerte und ruhte ansonsten; er kam von draußen aus der Kälte in die geheizte Küche, setzte sich und augenblicklich löste der Schlaf die Glieder. Pater Gregor kämpfte gegen das bäuerliche Erbe in ihm an, versuchte, der Schatten, die sich auf sein Gemüt legten, Herr zu werden. Die jahreszeitliche Melancholie machte sein Blut zähflüssig, hätte er gekonnt, wie es in ihm angelegt war, hätte er sich in einen Winterschlaf gerollt. So trieb ihn fortwährend die Gier nach Süßem, Hefegebäck mit Zuckerguss oder Bratäpfel in brauner Butter mit einer Kruste aus Karamellzucker. Danach sofort eine Zigarre. Der Bauer zehrte von seinen Vorräten, Gregor Mendel zog Bilanz aus seiner achtjährigen Versuchstätigkeit. Für den achten Februar und den achten März hatte er dem Naturforschenden Verein Brünn, der in der neu erbauten, im Stile eines florentinischen Palastes gehaltenen Staatsrealschule tagte, einen zweiteiligen Vortrag annonciert. Die Darstellung würde, wie üblich, im Jahrbuch des Vereins gedruckt und an die mit dem Verein assoziierten Institutionen weiterverteilt.

Es war noch Nachmittag, trotzdem hatte er auf dem Holztisch in seiner Kammer Kerzen aufgestellt. Er beschrieb Blatt um Blatt, verwarf aber immer wieder das Manuskript. Strenge Wissenschaft durfte nur das Faktische aufbieten, Schlüsse mussten bewiesen werden,

Spekulationen hatten keinen Platz. Das Experiment war so zu beschreiben, dass es von einem verständigen Dritten jederzeit nachvollzogen werden konnte. Die Sprache war knapp, klar, auf das Zweckmäßige ausgerichtet. Ideal schien ihm die mathematische Exaktheit.

Mittwoch, der achte Februar, kam, der Abend war klirrend kalt, der Himmel klar, ein fetter, fast voller Mond erleuchtete die Johannesgasse, und Pater Gregor horchte dem Hall seiner Stiefeltritte hinterher wie einer, der sich seiner Courage nicht sicher war. Vierzig Zuhörer fanden sich in dem kleinen Vortragssaal ein, allesamt wissenschaftlich gebildet und dem freundlichen Mönch zugetan. Naturforschung war die Disziplin der Stunde, man hatte Makowskys Vortrag über Darwin von der letzten Sitzung her noch im Ohr und staunte, zu welchen neuen Ufern sie sich aufmachte. Man erwartete Ausgreifendes und Großes, zumindest der Quintessenz nach, wenn man die Niederungen der Speiseerbsen-Zucht durchquert haben würde, die heute Thema war. Aber Pater Gregor hatte nur Pisum sativum im Sinn und wollte den Gedanken, dass sie nicht genügen könnte, gar nicht fassen. Beim Sprechen traten ihm die vielen Pflänzchen vor Augen, die er gesät, gehegt und bestäubt hatte, jedes ein ihm vertrautes Individuum, mehr als ein bloßes Exemplar im wissenschaftlichen Sinne. Zuerst Keim, dann Trieb, Blattwerk und Blüte, schließlich Samen, dazu ihr frischer, saftiger Geruch gemischt mit den Ausdünstungen des Bodens. Leben in seiner ganzen Vielfalt, gesammelt im Kosmos einer Art, die er acht Jahre begleitet hatte.

In der ersten Generation von Hybriden, so hörten die Teilnehmer, habe sich ein Merkmal als dominantes durchgesetzt und das andere, das er rezessiv nannte, verdrängt. In der zweiten Generation komme das verdrängte Merkmal dann wieder zum Vorschein, zählbar sogar, nämlich ein Viertel im Verhältnis zu drei Vierteln des dominanten. In der dritten Generation erweise sich, dass jeweils ein Viertel der Individuen konstant bei ihren dominanten und rezessiven Merkmalen blieben, während zwei Viertel sich im ursprünglich festgestellten Verhältnis von drei zu eins aufspalteten. Pater Gregor wandte sich zur Tafel. Bezeichne man die Merkmale mit Buchstaben, das erste groß A für dominant, klein a für rezessiv, so ergebe sich: A + 2Aa + a, B + 2Bb + b und so fort. Nun wurde es ermüdend, botanische Mathematik, was war denn das?, und nach einer Stunde nahm das Auditorium dankbar zur Kenntnis, dass der Referent in der nächsten Sitzung fortfahren würde.

Eine Woche nach Aschermittwoch traf man sich zum zweiten Teil, der vielversprechend begann, weil Pater Gregor ausführte, dass man zu lang auf den gesamten Habitus einer Art geblickt habe, statt zu verstehen, dass sich einzelne Merkmale unabhängig voneinander vererbten. Dann aber wandte er sich erneut der Tafel zu, notierte seine Versuchsreihe mit AB + Ab + aB + ab + 2ABb + 2AaB + 2Aab + 4AaBb, um daraus wiederum A + 2Aa + a, B + 2Bb + b herauszukürzen. Dies war jedoch nur der Auftakt zu einem Zahlenwirbel, der die Zuhörer erschöpft zurückließ. Freilich, sie hatten verstanden, dass die Vererbung von Merkmalen bei der

Speiseerbse in festen numerischen Proportionen erfolgte. Aber was war mit dem Gartenlöwenmäulchen? Der Seegurke, dem Walross und dem tasmanischen Teufel? Der Kartoffel, Bohne und Zwiebel? Dem Pudel zu Hause? Fragen wurden nicht gestellt, eine Diskussion fand nicht statt, verzeichnete das Protokoll.

IM SOMMER BESETZTEN die in der Auseinanderset-
zung mit Österreich und dem Deutschen Bund siegrei-
chen Preußen Brünn. Im Königinstift wurden Soldaten
einquartiert, Offiziere und Mannschaft mussten ver-
köstigt, die Pferde gefüttert werden. Mit den Besatzern
kam die Cholera, Stadt und Umgegend erlebten eine
bittere Zeit. Erst mit ihrem Abzug setzte wieder ein
geregeltes Leben ein, und es wurde Winter, bis Pater
Gregor das achtundvierzigseitige Manuskript für die
Veröffentlichung im Jahrbuch des Naturforschenden
Vereins fertigstellen konnte. Mit der Abgabe der hand-
schriftlich verfassten Abhandlung verband er die Bitte,
ihm vierzig Separatdrucke zukommen zu lassen.

Wieder hatten ihn die Unzuträglichkeiten der kalten
Jahreszeit im Griff. Man ging nicht gern nach draußen,
brütend und sinnierend saß er in der Stube. Sein Gemüt
hellte sich erst auf, als das Paket mit den frischen gedruckten schmalen Bänden auf seinem Tisch lag. Die
Weihnachtsfeierlichkeiten hallten noch nach, Silvester
war gekommen und mit den Gedanken an das neue Jahr
keimten die schönsten Hoffnungen auf. Seine Pläne be-
kamen etwas Lichtes. Professor Unger, Pater Gregors
Lehrer in Wien, bei dem er Botanik gehört hatte, sprach
immer mit großer Hochachtung von Karl von Nägeli,
dem er zutraute, die großen Probleme ihres Fachs zu

lösen. Der Mann war mathematisch orientiert, argumentierte stets mit schneidender Logik und verfügte über einen gediegenen naturphilosophischen Hintergrund. Eine solche Autorität von seiner Arbeit überzeugen zu können, wäre vielleicht der Schlüssel, der ihm das Tor zur Welt der wissenschaftlichen Gemeinschaft aufschließen würde. Der Begleitbrief, den er dem gedruckten Vortrag beigab, war daher besonders auszufeilen. Vieles war zu beachten: Die Herren Professoren schätzten es nicht, wenn ein gärtnernder Laie sich besserwisserisch in die akademische Diskussion einmischte. Unbedingt waren ihm die Honneurs zu erweisen, Anrede, Hinweise und Bitten im Bewusstsein des eigenen niederen Rangs und der dazu passenden Wortwahl vorzutragen. Nicht *sehr geehrter*, sondern *hochgeehrter Herr*, fortfahrend mit den *anerkannten Verdiensten*, die *Euer Wohlgeboren um die Bestimmung und Einreihung wild wachsender Pflanzenbastarde* zu erwerben geruhten, machten es zur *angenehmen Pflicht, die Beschreibung einiger Versuche zur gütigen Kenntnisnahme vorzulegen.* Wer, wenn nicht Sie, Herr Professor? Nun also kurz und verständig die eigene Arbeit skizziert und mit dem Hinweis auf Cirsium, die Kratzdistel, und Hieracium, das Habichtskraut, noch einen Köder ausgelegt! Über Cirsium hatte Nägeli promoviert, seine wissenschaftliche Passion gegenwärtig galt Hieracium, das er in vielfältigen Ausprägungen sammelte und kultivierte. Habichtskraut war als Wildpflanze sein bevorzugtes Studienobjekt, es wuchs in vielen Formen und Farben und war ein Muster, wie variabel sich eine Gattung aus-

differenzieren konnte. Domestizierten Arten gegenüber, denen im Lauf der Zeit vollkommen neue Eigenschaften angezüchtet worden waren, blieb er skeptisch,
sie legten Zeugnis vom Einwirken des Menschen und
nicht von dem der natürlichen Bedingungen ab.

So verwies Pater Gregor vor allem auf Hieracium, auf
einige Kreuzungsversuche, die er mit ihm bereits angestellt hatte, und deutete an, sich damit ausführlicher
beschäftigen zu wollen. Mit diesem Plan betrete er ein
Gebiet, auf dem *Euer Wohlgeboren die ausgedehnteste
Kenntnis besitze*, wie sie *nur durch jahrelangen Eifer* er-
worben werden könne. Er bitte also, ihm nicht die
hochgeschätzte Teilnahme zu versagen und verblei-
be *mit größter Hochachtung und Verehrung* der Stifts-
Capitular und Lehrer an der Ober-Realschule Gregor
Mendel.

Wie feuchter Nebel benetzte ihn die Scham, und der
Prälat zog fröstelnd das Plaid noch enger um die Schultern. Vollständige Unterwerfung, anders konnte er seine damalige Haltung nicht bezeichnen. Was an einem
solchen Annäherungsversuch hätte Nägeli nachdenk-
lich machen können, wenn ihm die Willkür des in jeder
Hinsicht überlegenen Geistes hinterhergetragen wurde? Er dachte, was er immer schon gedacht hatte, und
blickte von seinem Thron auf einen Mindergeist herab,
den es zunächst einmal zu maßregeln galt. Nägeli war
ein Verfechter der Mischung von Eigenschaften bei der
Bastardzeugung. Das Erbgut von beiden Elternteilen
bleibe in Gänze erhalten und mische sich in einem Zell-
medium, das Nägeli Idioplasma nannte. Dass ihn die

vorliegende Untersuchung erschüttern könnte oder sollte, kam ihm nicht in den Sinn. *Verehrter Herr Kollege*, antwortete Nägeli, womit er schon in der Anrede zum Ausdruck brachte, dass er sich eine auf das höfliche Maß gedämpfte akademische Jovialität verordnete, um dann fortzufahren, *dass die Versuche mit Pisum nicht abgeschlossen seien, sondern sie erst recht beginnen sollten.* Bei diesem Verdikt ließ Pater Gregor den Brief sinken. Acht Jahre ununterbrochener Arbeit an zehntausend Pflanzen? Wusste Nägeli denn überhaupt, wovon er sprach? Nein, er hatte den Gedanken der Abhandlung nicht erfasst und die darin beschriebenen konstanten Proportionen mit dem in Wissenschaftskreisen belächelten Fehlurteil von Praktikern ineinsgesetzt, die zwei Gänseblümchen am Wegesrand erblickten und daraufhin dem örtlichen Landboten berichteten, dass Gänseblümchen vorwiegend am Wegesrand gedeihen würden.

Zwei Monate später erhielt Pater Gregor Nägelis Antwort. Immerhin schrieb er zurück. Andere Koryphäen, denen er den Separatdruck übersandte, machten sich nicht einmal die Mühe, die Seiten des Büchleins aufzuschneiden. Nägeli war körperlich geschwächt, oft krank und stets reizbar. Er hatte einen großen Forschungsplan, unglücklicherweise wenig Zeit und Kraft, nichts davon durfte vergeudet werden. Daher begegnete er anderen mit Pedanterie und tadelte sie wie Schüler.

Was Nägeli gedacht haben mochte, ließ sich nur zwischen den Zeilen lesen, allenfalls erahnen: Mein lieber

Pater Gregor! Verallgemeinerungsfähig seien Beobachtungen nur dann, wenn sie durch eine plausible und umfassende Theorie gestützt und in ihr widerspruchsfrei erklärt würden. Eine solche sei in diesem kleinen Druckwerk nicht zu finden. Der Mönch habe beobachtet, gezählt und notiert, Punkt! Beim Abfassen dieses Schreibens an ihn sitze er, Nägeli, hier im Botanischen Garten des Instituts der Universität München und beobachte, wie zwei Männer mit Hut, einer ohne, eine Dame mit Hütchen, dann wieder zwei Männer ohne das Fenster passierten. Dazu husche ein Weberknecht, Trogulus torosus, über das Sims. Heute ohne Hut! 2 – 1 + 1/2 – 2 – 1! Was bedeute das? Nichts!

Der Brief fiel zwar höflicher aus, aber der Mönch hatte sich zweifellos überhoben, schien jedoch ein geschickter Praktiker zu sein, der seine Dienste anbot. Es wäre daher unklug gewesen, ihn allzu brüsk abzubürsten. Nägeli schickte einige Hieracienexemplare nach Brünn und hoffte, hilfreiche Ergebnisse rückgemeldet zu bekommen.

Pater Gregor verstand. Wenn Pisum bei Nägeli keine Beachtung fand, dann eben in Gottes Namen Hieracium, warum sollten sich seine Einsichten an ihm nicht bestätigen lassen? In einem fast drei Jahre andauernden Gewaltakt versuchte er, auch dem Habichtskraut die an der Erbse festgestellten mathematischen Regelmäßigkeiten abzuzwingen. Aber die Natur scherte sich nicht um die Bedürfnisse eines Experimentators. Die Blüten waren klein, und das Röhrchen mit den Staubbeuteln umschloss den Griffel. Öffnete sich die Blüte, trat die

Narbe bereits pollenbedeckt aus dem Röhrchen hervor. Um dem Kraut beizukommen, arbeitete er mit einem Mikroskop. Er schlitzte die Knospe mit einer feinen Nadel auf, um die Pollen zu entfernen. Allerdings konnte er nicht immer verhindern, dass einige Körner dabei auf die Narbe fielen und sie befruchteten. Schnitt er die Pollengefäße ab, bevor sie reif waren, wurden dabei oft andere zarte Teile, wie Griffel und Narbe, in Mitleidenschaft gezogen. Blieben sie unbeschädigt, fehlte ihnen der nötige Schutz, sie trockneten aus und wurden welk. Einziger Ausweg blieb die Aufzucht im Gewächshaus, das zu diesem Zweck sehr warm und feucht zu halten war, um den geraubten natürlichen Schutz auszugleichen.

Die Arbeit in diesem feucht-warmen Milieu war eine Qual. Mit Mikroskop und einem Beleuchtungsapparat, einem Spiegel mit Sammellinse, um die winzigen Pflanzenorgane erfassen zu können, stand er im Gewächshaus. Er spürte, wie ihm der Schweiß herunterrann, am Oberkörper von seiner Unterwäsche aufgesogen wurde, an den Schenkeln jedoch ungehindert nach unten lief und sich in den Röhrenstiefeln sammelte. Die Präparierung jeder einzelnen kleinen Blüte war ein Kampf. Zudem begann das gebündelte und reflektierte Sonnenlicht seine Augen zu schädigen, die Hornhaut wurde verbrannt, die Augäpfel entzündeten sich rot und begannen zu tränen. Nach solchen Anstrengungen war er nicht mehr in der Lage, die Buchstaben in seinem Brevier zu fixieren. Endlich gestand er sich ein, dass dieser Widerstand nicht zu brechen war, und er erlegte sich Schonung auf. Wenig hatte gefehlt, ihn dauerhaft erblinden zu lassen.

Dennoch gelangen ihm einige Kreuzungen, die vorher niemand zustandegebracht hatte, und Nägeli reagierte hocherfreut. Pater Gregor referierte ein weiteres Mal vor dem Naturforschenden Verein Brünn über seine Versuche mit Hieracium und dem Eingeständnis, dass sich die bei Pisum ermittelten Regeln nicht bestätigen ließen.

Um zu verstehen, dass dafür nicht nur die Widersetzlichkeit des Pflanzenaufbaus verantwortlich war, hätte er die Bibel studieren müssen: So wie Maria ihr Kind jungfräulich gebar, konnte sich das Habichtskraut auch parthenogenetisch vermehren. Hieracium machte den Kamelhaarpinsel zur überflüssigen Zutat.

Vielleicht ahnte Nägeli, dass sich sein Mitarbeiter verschlissen hatte, Mendel zog sich seines Augenleidens wegen von den Experimenten zurück und bald danach erlosch der briefliche Kontakt zwischen beiden.

Tatsächlich zeigte sich später, dass Nägeli Pater Gregors *Versuche* doch gut genug gelesen hatte. Auf seine Weise. Er fasste die darin beschriebenen Sachverhalte auf, verschwendete jedoch keinen Gedanken daran, dass andere Erklärungen als die seinen maßgeblich sein könnten. Er zitierte ihn sogar, allerdings ohne seinen Namen zu nennen und ohne Bewusstsein davon, dass er dies tat, denn die Arbeit von Gehilfen war Rohmaterial, das ihm angehörte. Pisum mochte er nicht, so formte er den Sachverhalt in seinem Kopf zu einem besonders gelungenen Beispiel um, dessen Überzeugungskraft schon beim Schreiben zu funkeln begann. Eine Angorakatze habe von einem gewöhnlichen Kater gezeugte ebenso gewöhnliche Jungen geworfen. Aus diesem Wurf sei jedoch in der zweiten Generation wiederum eine Angorakatze hervorgegangen. Der gemeine Verstand, so Nägeli, schließe aus, dass zwei gewöhnliche Katzen ein Exemplar der Angorarasse hervorbrächten, weil er eben nicht wisse, dass im Idioplasma der ersten Generation sämtliche Erbanlagen erhalten blieben. Die sichtbaren Eigenschaften entsprächen nicht den Erbanlagen, denn es gebe dominierende und latente Erscheinungsformen. Warum ihm das unterlief, rechtfertigte er an anderer Stelle: Jede Wissenschaft verfügte über ein *innerstes Heiligtum*, das nur von seinen Priestern betreten werden durfte.

Pater oder später dann Abt Gregor trat nie wieder mit wissenschaftlichen Arbeiten hervor. Er wusste zwar, wie man farbenprächtige Blumen, wohlschmeckendes Obst, gut ausgestattete Gemüsesorten und vor allem Erbsen mit bekömmlichen Eigenschaften züchtete, dieses Wissen war jedoch für die Wissenschaft nicht von Belang. Wenn man ihn darauf ansprach, sagte er, dies sei sein Geheimnis, eine Erörterung würde zu weit führen. Er blieb Gärtner, Imker und Hobbymeteorologe, weil ihm die Freude und das Können an der bäuerlichen Arbeit eingewachsen waren.

Nur nachts, vor allem in der kalten Jahreszeit, hockte sich manchmal dieser Albtraum auf seine Brust, bis er endlich erschrocken hochfuhr: Ein Livrierter öffnete eine Flügeltür, packte ihn am Ärmel und zog ihn in den

Raum. Drinnen saß eine honorige Runde um einen großen Tisch, der dem des Refektoriums glich. Einige von
ihnen, wie Darwin, Haeckel, Nägeli, Kerner und Humboldt, meinte er trotz des schlechten Lichts auf Anhieb
zu erkennen. Die Herren blickten auf, aller Augen rich-
teten sich auf ihn.

»Darf ich Ihnen, werte Herren«, sagte der Livrierte,
»Pater Gregor vorstellen …?«

Noch im Traum vermerkte Gregor Mendel bitter,
dass er den Prälatentitel unterschlug.

»Ihm wurde«, so fuhr der Livrierte fort, »vom Hietzinger Gärtnerverein eine goldene Medaille für seine
Borsdorfer Renette verliehen.«

GREGOR MENDEL TASTETE nach dem Kreuz, das er um den Hals trug. Noch nicht einmal den Titel! Den eines infulierten Abts, der berechtigt war, eine Mitra zu tragen und einen Krummstab zu führen. Hochwürdigster Herr, Euer Gnaden, Herr Prälat! Er zerrte an der Kette, als gälte es, einen widerspenstigen Hund zu bändigen.

Die Ehre seiner Ernennung kam überraschend, es gab Würdigere, fand er und verzichtete als einziger seiner Mitbrüder darauf, Gregor Mendel zu wählen, und doch stellte sie sich genau zur rechten Zeit ein. Er war mit den Prüfungen gescheitert, die Kreuzungsversuche blieben ohne Widerhall, die mühselige Arbeit mit dem widerspenstigen Hieracium hatte kein gutes Ende gefunden und die Verbindung zu Professor Nägeli ließ sich nur mit Demut und Selbstverleugnung aufrechterhalten. Zweifellos, er stolperte ständig und fiel in den Staub, der Himmel jedoch hatte ein Einsehen und half ihm auf. Die Erhöhung war unverdient, aber vielleicht wollte ihn der Herr erneut prüfen, rief ihn und wies ihm eine neue Aufgabe zu.

Einen besseren Abt, hieß es bald, hätten sich die Brüder nicht wünschen können, er war tatkräftig, praktisch, gerecht und freundlich. Dazu stand er in den besten Jahren, die Wahl eines neuen Vorstehers war mit

einer empfindlichen Abgabe verbunden, und jede lang-
dauernde Amtszeit entlastete das Kloster, außerdem
hatte er deutsche Vorfahren und setzte so eine Tradi-
tion und ein Privileg fort, das diese Patres gegenüber
den tschechischen hatten.

Rasch wuchsen ihm Aufgaben und Ehrenämter zu:
Neben seiner Verwaltungtätigkeit im Kloster und in
den dazugehörigen Gütern wurde er Gründungsmit-
glied der meteorologischen Gesellschaft, Obmann des
Bienenzüchtervereins, Vizepräsident im Naturforschenden Verein, Mitglied des Zentralausschusses der
Ackerbaugesellschaft, Direktor der Hypothekenbank
Mähren, dazu prüfte er als Kommissär die Obstbaum-
wärter, saß im Landessubventionskomitee und schrieb
Gutachten zu dort anliegenden naturwissenschaftli-
chen Problemen wie der Abwehr gefräßiger Mottenrau-
pen und der Entwicklung einer vaterländischen Fisch-
zucht. Von seinen reichlichen Einkünften als Abt
unterstützte er nicht nur seine Familie, er überreichte
große Spenden an den Musikverein und die Feuerwehr,
auch sonst blieb kein Hilfesuchender ohne Almosen.

Die kirchlichen Feste wurden im Kloster üppig ge-
feiert, er lud ein und bot auf, was seine Küche zu bieten
hatte. Die Augustiner wussten ohnehin zu leben, wer
kochen lernen wollte, ließ sich von ihnen ausbilden.
Darüber hinaus zeichnete sich gerade die böhmische
Küche traditionell nicht durch Sparsamkeit aus: Ge-
haltvolle Suppen mit sättigenden Einlagen, geschmor-
tes und gekochtes Fleisch, buttrige Soßen, luftige Knödel, Süßspeisen so massiv wie Hauptgerichte, dazu

noch seine persönliche Vorliebe, das selbstgezogene Gemüse raffiniert zubereiten zu lassen – das Tafeln mit ihm als Gastgeber übertraf alles bisher in Brünn Gewohnte. Wer weder Kutte noch Kleid trug, verließ den Festsaal gebückt mit gespanntem Hosenbund.

Mit Wehmut dachte er an diese Zeit zurück, in der seine Tüchtigkeit und Großzügigkeit ein angemessenes Betätigungsfeld gefunden hatten. Sein Leben wurde bedeutsam, weil er gebraucht wurde. Er durfte geben und verteilte mit beiden Händen. Allerdings schrieb er in seinem letzten Brief an Nägeli mit Wehmut, die Hieracien seien auch heuer wieder verblüht, ohne dass er ihnen mehr als einen flüchtigen Besuch habe widmen können. Die Zeit des systematischen Forschens war endgültig vorbei, zum Ausgleich stand er sechs Jahre lang auf der Höhe seines Wirkens. Und dann dies: Seine, die von ihm unterstützte deutschliberale Partei veranlasste eine Bestimmung, mit der das Kirchenvermögen besteuert wurde, um die Bedürfnisse des katholischen Kultus und die Bezüge der Geistlichkeit zu finanzieren, das Religionsfondgesetz. Unter jedes Joch, ob Aufgabe oder Schicksalswendung, hatte er sich gefügt, nun plötzlich erwachte ein rebellischer Geist in ihm. Widrigkeiten, die ihn selbst betrafen, begegnete er mit Demut, aber nun war er Hüter einer Herde, ihm waren Güter und Menschen anvertraut worden, die er zu verteidigen hatte. Das Bild, das sich in ihm auftat, war unzweideutig: Gottes Held, der Erzengel Michael, forderte ihn auf, in den Kampf zu ziehen.

Vor sechs Wochen hatte es ihn nach dem überreichlichen Genuss von Frau Doupovecs festlich zubereitetem Schweinepfeffer niedergestreckt. Er zählte nach, es war sein fünfter Zusammenbruch. Zwar waren die heftigen Koliken inzwischen abgeklungen, nicht aber das heftige Aufstoßen, die Hitze im Darm und die Leibschmerzen. Immer wieder war es der Bauch, dieser abgründige Pfuhl, aus dem die Pigritia, die Mönchskrankheit, aufstieg und ihn in Fesseln schlug. So lag er kraft- und willenlos in seinem Bett. Große Anstrengung und Qual bedeutete es, sich aufzurichten, hochzustemmen und am Tisch Platz zu nehmen. Auch die neue Lage half nicht, im Gegenteil, die Schwindel wurden bedrohlich, das Zimmer drehte sich, der Boden entwickelte etwas Saugendes, das ihn hinunterzog. Nichts blieb mehr fest, alles wurde beweglich, flatternd, sich bauschend, wieder zurückweichend wie Tücher im Wind. Keine Perspektive, kein Halt, kein Ziel.

So vegetierte er zwei Wochen lang vor sich hin, trank Bitterwasser, aß Krankenkost, ließ sich des Öfteren in das Badehaus führen, das er im Prälatengarten hatte errichten lassen, und nahm ein warmes Bad. Den Kopf an den Wannenrand gelehnt lag er da und betrachtete seinen nichtsnutzigen Leib, der sich in dem leicht bewegten Wasser bleicher als gewohnt spiegelte. Mit kalten Begießungen des Kopfs und Wickeln beendete er solche Kuren, die jedoch keine durchgreifende Besserung herbeiführen konnten.

Dann eines Nachts, von der Kirchturmuhr schlug es vier, kam wie eingegossen ein starker Gedanke an ihn, ein deutlicher Ruf: »Steh auf, fahre nach Wien, fordere das direkte Gespräch mit dem Minister, lege deine guten Gründe dar, verlasse das Kabinett erst dann, wenn eine Lösung ausgehandelt ist, du bist Gregor Mendel, Abt des Königinstift zu Brünn, Inhaber des Komturkreuzes des Franz-Josef-Ordens.« Blut schoss ihm in den Kopf, ihm wurde heiß, morgens um sechs Uhr glühte er.

»Um Himmels willen«, rief Frau Doupovec, als sie ihn schweißnass mit rotem Schädel vorfand.

»Alles gut«, sagte er und fasste nach ihrem Unterarm.

In der Tat hatte sich sein Körper gegen die lähmende Pigritia aufzulehnen begonnen, die Widerstandskräfte waren wiedererwacht und schon im Lauf des Vormittags war das Fieber verschwunden. Mittags verlangte er eine Suppe, eine kräftige Brühe mit Graupen, Kartoffeln oder besser noch Grießnockerl. Eine Decke um den Leib geschlungen saß er am Tisch und aß, später gestattete er Josef, seinem Bediener, das Zimmer ausgiebig zu lüften.

Weitere zwei Wochen später machte er sich auf nach Wien. Dort setzte er alle Hebel in Bewegung, suchte unter den Staatsbediensteten und kirchlichen Würdenträgern die auf, denen er sich früher einmal gefällig erwiesen hatte. Endlich hatte er es in eines der vielen Vorzimmer des Ministers geschafft. Einen Nachmittag lang saß er da, ohne dass sich jemand um ihn bemüht hätte. Gegen Abend wurde er wieder hinauskomplimentiert. Am nächsten Tag kam er wieder. Tatsächlich bat ihn der Bürovorsteher zu sich. Sein Bescheid war kurz und kalt, er brachte die Lästigkeit des Falls auf die Formel, dass alles vielfach und erschöpfend gesagt sei. Undenkbar, dass ihm der Minister in dieser Angelegenheit persönlich zur Verfügung stehe. Größer hätte die Niederlage nicht ausfallen können, man hatte ihn nur abgebürstet.

Abt Gregor ließ Wien fluchtartig hinter sich. Am Morgen des anderen Tages fuhr die Droschke vor, die ihn zum Nordbahnhof chauffierte, um von dort aus wieder nach Brünn zurückzureisen.

EINEM WANDERER GLEICH war er von Lebensstation zu Lebensstation gezogen in der Hoffnung, eine
dauerhafte Bleibe zu finden. Immer wieder aufs Neue
fühlte er sich eingeladen anzupacken und mitzuhelfen,
er bemühte sich, bis sein Ungenügen zu Tage trat. Dann
wies man ihm die Tür, und er blieb wie zuvor ein un-
steter Gast. Seine Reise war ein letzter Aufbruch gewesen, nun gab es keinen Ort mehr für ihn. Vor ihm tat
sich ein Abgrund auf.

Er schob die Brille hoch und bedeckte sein Gesicht
mit beiden Händen. Dann warf ein heftiger Stoß seinen
Kopf zurück, die Brille fiel zu Boden. Er blieb einfach sitzen und faltete die Hände. Nach einer Weile hörte er ein
Klopfen an der Scheibe des Coupés. Ächzend bückte er
sich, las die Augengläser auf und sah hinaus. Sie hatten
Lundenburg erreicht. Draußen auf dem Bahnsteig stand
ein Kellner mit Tablett. Er öffnete das Fenster.

»Das Gabelfrühstück wäre da, Euer Gnaden!«

»Bitte schön, kommen Sie herein.«

Der Kellner erklomm das Abteil, setzte das Tablett
auf dem Sitz ab, entfaltete mit einem kurzen Schlag die
Serviette, legte sie ihm auf die Knie und servierte nun
das Essen, indem er die Wärmeglocke abhob.

»Ein saftiges Gulasch, zwei Knöderl dazu und ein
Glaserl Portugieser. Wünsche guten Appetit!«

Mit wässrigen Augen blickte Abt Gregor auf das Essen hinunter. Die regelmäßig geschnittenen Fleischstücke ragten wie zusammengehäufte Steinbrocken aus der Mitte des Tellers hervor. Es roch gut, ein wenig säuerlich. Er stocherte mit der Gabel in der rotbraunen Soße umher und fischte kleine Bröckchen heraus. Das mussten kleingeschnittene Gewürzgurken sein! Er probierte ein Rädchen, tatsächlich ein Znaimer Gulasch, wie er es früher als Supplent schon gerne genossen hatte, denn diese Gurken waren kleiner und schärfer als anderswo. Nach den ersten Bissen stellte sich sein Appetit rasch wieder ein, zumal es ein hervorragendes Gulasch mit weichen, saugfähigen Knödeln war. Es schmeckte! Eine kurze Zeitlang war er nur mit dem Essen beschäftigt, dann sank er befriedigt in die Polster zurück, weil der wohlig gesättigte Mensch mit nichts und niemandem hadern mochte.

Der Kellner kam, um abzuräumen. Er registrierte den sauber ausgewischten Teller.

»Ist schon etwas Gutes, so ein Gulasch!«

Abt Gregor gab ein reichliches Trinkgeld, dann widmete er sich dem Geschehen draußen. Schon an dem langgezogenen Bahnhofsgebäude erkannte man, dass Lundenburg eine aufstrebende Stadt war, dazu ein Eisenbahnknoten mit vielen Gleisen, von dem Güter- und Personenzüge in alle Richtungen des Reichs abgingen. Das Gebäude wurde von der Bahnhofskapelle dahinter überragt, deren Dach und Kreuz herauslugten. Züge standen auf den Nebengleisen, allenthalben herrschte Geschäftigkeit, aber die Stimmung, so schien es dem

Prälaten, war trist. Die Stadt hüllte sich in Grau, Rauch stieg ihm in die Nase, der von den zahlreichen Schloten herangeweht wurde. Mit dem Ärmel wischte er an der Scheibe, aber das Bild mochte sich nicht aufhellen.

Plötzlich horchte er auf: Durch den offenen Fensterspalt drang der Lärm von Waggons, die rumpelnd aneinanderstießen. Abt Gregor öffnete das Fenster.

»Ullmann!«

Der Kondukteur wandte sich um.

»Was ist denn da los?«

Ullmann zuckte die Achseln.

»Ein Gütertransport wird zusammengestellt, Euer Gnaden.«

Ullmann wies auf einen stehenden Zug.

»Der da!«

Hintereinander gereiht standen Güterwaggons und an der Spitze eine Ajax, die mächtige Zugmaschine aus England. Ullmann zog ein ledergebundenes Büchlein aus der Brusttasche, schlug es auf und zeigte dann noch einmal auf die Waggons.

»Nach Oswiecim.«

Der Prälat hob dankend die Hand, schloss das Fenster und ließ sich in seinen Sitz zurücksinken. Etwas packte ihn mit kalter Hand, er fühlte sich traurig und war erschöpft. Schließlich sank ihm der Kopf auf die Brust.

DRAUSSEN BRAUTE SICH etwas zusammen. Rasch
trat der Abt an das große Fenster der Stiftsprälatur und
öffnete beide Flügel. Der Himmel war mit einer leich-
ten, lichtgrauen Decke überzogen, in der sich ständig
neue Wolkenformationen aufbauten, verschoben und
wieder verschwanden. Gesichter tauchten auf, wurden
deutlich und verwischten sich, ebenso Gegenstände,
Zeichen und dramatische Szenen. Mein Gott, dachte er,
und das soll mein Leben sein? Chaotische Fülle ohne
feste Gestaltung, vergänglich, verweht, flüchtig wie ein
Wimpernschlag. Schwarzsamtene Schmetterlinge stiegen auf und verdunkelten den Horizont, rasch schloss
er das Fenster, sie einzulassen bedeutete den Tod. Fins-
ternis legte sich über das Land; obwohl es früher Nachmittag war, blieb nur noch mattes Dämmerlicht übrig.
Plötzlich wurde das Gebäude in allen Teilen heftig er-
schüttert und in Schwingung versetzt. Türen sprangen
auf, schwere Möbelstücke wurden verschoben, der Putz
bröckelte von der Decke und den Wänden. Draußen hob
ein Getöse an, begleitet vom Geklirr zerborstener Fens-
terscheiben, dem Gepolter herabfallender Dachziegel
und Schieferplatten, die von dem gegenüberliegenden
Gebäude herab durch das Fenster schossen und sich in
die Zimmerwände bohrten. Nach kurzer Zeit war alles
zu Ende, und als sich der Staub verzogen hatte, ent-

deckte er den teuflischen Feind, eine Windhose, eine gewaltige Trombensäule, die sich vor dem lichten Hintergrund scharf abhob.

Dann kehrte eine große Stille ein.

Seltsam, er spürte ihre Anwesenheit, noch ehe er sie sah. Er hatte sie auch nicht kommen hören, sie mussten in Lundenburg zugestiegen sein. Als er den Kopf hob, saßen sie ihm gegenüber: Drei Frauen, eine junge, eine mittleren Alters, eine betagte, alle drei in Schwarz gekleidet, als trügen sie Trauer. Sie muteten so zusammengehörig wie Tochter, Mutter und Großmutter an. Die Älteste hielt sich abgewandt und hatte ihr Gesicht mit einem Witwenschleier verhüllt. Nur schemenhaft zeichnete sich dahinter ein scharfes Profil ab, die vorspringende Nase vor allem. Sie blieb starr. Nur einmal entnahm sie ihrer Handtasche ein Tüchlein, Parfümgeruch verbreitete sich im Coupé, und betupfte damit ihre Schläfen. Ihr Auftreten schuf Distanz, denn die seidig-schwarze Gaze gestattete keinen Einblick und verbarg jede Regung.

Die Jüngste hatte den Schleier nach hinten über den Hut gezogen und widmete sich ihrem Strickzeug. Die Wolle dazu ruhte in einem Korb auf ihrem Schoß. Unausgesetzt klapperten die Nadeln, sie arbeitete schnell und sicher. Flink glitt das Garn über ihren ausgestreckten Finger, die Maschen gerieten gleichmäßig und fest. Das Gestrickte jedoch verschwand in ihrem Korb und es war nicht auszumachen, welches Stück sie fertigte.

Die Mittlere hatte ihren Hut abgenommen, ihr grau meliertes Haar war zu einem strengen Knoten nach hinten gebunden. Sie war dem Prälaten zugewandt, auch seine Aufmerksamkeit blieb an ihr haften, denn in ihren dunklen Augen war eine solche Tiefe, dass es eine große Versuchung war, sich hineinzubegeben und darin zu versinken. Das faltige Gesicht war freundlich, verriet fordernde Aufnahmebereitschaft, er fühlte sich angehalten, etwas zu offenbaren. Obwohl sie kein Wort an ihn richtete, war er ganz sicher, dass er sie alles fragen konnte. Wenn er es nur aussprach. Erneut zogen die flüchtigen Bilder vorüber, in denen sich sein Leben gesammelt hatte, es gab darin so vieles aufzugreifen und zu prüfen, aber alles lief auf eine ebenso einfache wie umfassende Frage hinaus:

»Warum?«

Sie lachte bezwingend. Gregor Mendel spürte ein heftiges Verlangen einzustimmen. Der Drang war stark, aber die Ausführung verstellt. So fragte er dasselbe ein weiteres Mal.

»Warum?«

»Wir legen darüber nicht gern Rechenschaft ab. Außerdem kümmern wir uns nicht um den kleinen Plan, der große ist uns angelegen.«

Sie beugte sich vor, hielt ihre Hand vor ihn hin, als wolle sie seine Augen verdecken, und machte eine sanft streichende Bewegung nach unten. Unwillkürlich schloss Abt Gregor die Augen. Er sah deutlich den Längsschnitt eines Wiesensalbeis vor sich, in den schematisch eine Biene mit überlangem, ausgestrecktem Rüssel hineingezeichnet war. Trotzdem war er zu kurz, um an den Nektar heranzureichen. Sein Lehrer klopfte mit dem Zeigestab an die Tafel. Hier habe sich durch Verwachsung eine Platte gebildet, die den Weg zum Nektar am Grund der Kronblattröhre versperre. Für eine Honigbiene sei das nur ein lästiges Hindernis. Sie dränge hinein, drücke mit ihrem Kopf die aus Verwachsung entstandene Platte nieder und pudere sich so durch Hebelwirkung den Inhalt der Staubbeutel auf ihren pelzigen Leib. Und genau dieser Staub könne daher beim Besuch der nächsten Blüte auf deren Narbe gelangen. Nicht aus freien Stücken, nur weil die Biene listig übertölpelt werde, trage sie zur Fortpflanzung des Wiesensalbeis bei. Nahrung gegen Vermehrung!

Er öffnete die Augen und nickte.

»Bedenkt man das alles, war keine bessere Lösung zur Hand. Wir haben viele Überlegungen angestellt, schließlich war es ihre Idee ...«

Sie neigte den Kopf ein wenig zur Alten hin.

»... sie sagte: Schneiden wir das Band doch einfach ab. Freilich, auf das Abtrennen versteht sie sich am besten. Aber sie hatte recht damit!«

Ihre Worte berührten etwas in ihm, ohne dass er sagen konnte, was. Sie bemerkte seine Ratlosigkeit.

»Sie meinte: Er ist Mönch und sollte wissen, dass der irdische Lohn nicht entscheidend ist, nur der himmlische. Auch müsste ihm das Bleibende mehr am Herzen liegen als das, was man gegenwärtig von ihm hält.«

In ihm fand eine Entrückung statt, alles war so, wie es war, weil es sein musste, wie es war. Aber wie fand man zu Einsicht und Zustimmung?

»Das Verstehen ergäbe sich ganz zwanglos, wenn

man über den eigenen Plan hinausdenken könnte. Sie vor allem ...«, sie wandte sich zur Jüngeren hin, »... war ganz sicher, dass Sie einen solchen über das eigene Wirken hinausgehobenen Standpunkt nicht ohne unseren energischen Beistand einnehmen würden. Sie sagte, es ist hoffnungslos, weil Sie nur an Ihre Erbsen denken könnten.«

Die Junge hielt kurz inne, sah den Prälaten an, nickte und lächelte. Dann fuhr sie mit dem Stricken fort. Die Mutter beugte sich vor.

»O sancta simplicitas, Vater Gregor!«

Er erschrak, weil er wusste, dass Jan Hus dies ausgerufen hatte, als er sah, wie ein altes Weiblein zur Vollstreckung des Urteils ihr Scherflein Holz beibrachte.

»Menschen wie Sie verstehen nicht, dass man mit Holz nicht nur den Ofen befeuern, sondern auch einen Scheiterhaufen aufschichten kann.«

Er wand sich, er rang um Klarheit, aber sie wurde ihm nicht zuteil.

»Warum denn so widerspenstig, Vater Gregor? Die Unbestechlichkeit eines Wissenschaftlers ist nicht entscheidend. Er setzt sich erst durch, wenn seine Gedanken von den Vorstellungen und Phantasien der Vielen beflügelt werden. Das wollten Sie zwar, aber wenn Sie die Konsequenzen überblickt hätten, durften Sie das gar nicht wollen!«

Er wurde kurzatmig, als schnüre man ihm die Kehle zu.

»Lassen wir die Erbsen beiseite. Ist das Böse vererbbar, Vater Gregor?«

Er schüttelte heftig den Kopf.

»Niemals! Denn das würde bedeuten, dass der Herr selbst das Böse geschaffen hätte.«

»Klugheit, charakterlicher Adel, Herrschaftswille?« Er hob die Hände.

»Unsinn! Die Samen sind rund oder runzlig, die Blüten achsen- oder endständig – um solche Merkmale ging es!«

»Das ist uns bekannt, Vater Gregor! Aber haben Sie nicht immer gehofft, dass diese Regeln auch für alle anderen Lebewesen gelten?«

Er zögerte und nickte.

»Und glaubten Sie nicht feststellen zu können, dass bei gewissen Bienenrassen eine größere Stechlust vorliegt als bei anderen? Und dass sie vererbbar ist?«

Wiederum nickte er.

»Warum sollte dann nicht auch eine menschliche Rasse angriffslustiger als die andere sein? Klüger, kühner, höherstehend oder minderwertiger? Zum Herrn oder Knecht bestimmt? Warum sollten solche Eigenschaften nicht herangezüchtet und andere ausgemerzt werden? Warum sollte der Mensch mit einer anderen Rasse nicht wie ein Imker oder Gärtner verfahren und das Nutzlose jäten, das Kranke beseitigen?«

»Weil Gott den Menschen nach seinem Ebenbild schuf. Damit hat er uns gleich gemacht und gewollt, dass sich der Mensch als fruchtbar erweist und vermehrt. Nicht nur bestimmte Menschen, alle! Wir sind in seiner Schöpfung nichts weiter als fertile Bastarde. Einer wie der andere.«

Die Jüngere unterbrach ihr Stricken und blickte zu der Mittleren hinüber.

»Du bist ein kluges Kind«, sagte die Gemeinte, »du hast das richtig vorhergesehen.«

Sie wandte sich wieder Gregor Mendel zu.

»Deshalb konnte es nur den Ausweg geben, Ihre Entdeckung nicht in die Welt zu bringen und das Band zu zerschneiden. Weil sie die Phantasien von Herrschsüchtigen erhitzt, weil sie am besten im Unrecht gedeiht und den Tätern eine Rechtfertigung verschafft. Wenn später einmal, von solchem Gedankenmilieu begünstigt, Ihre Regeln wiederentdeckt werden, wird man Sie von jeder Verbindung damit freisprechen müssen. Sie, Vater Mendel, haben wirklich nur an Ihre Erbsen gedacht!«

Bleich, als müsse er vor solchen Vorstellungen zurückweichen, drückte sich der Prälat in die Polster.

»Ihre Zeit wird kommen, und man wird Ihrer nie anders gedenken als eines Mannes, dessen Leben von heiliger Einfalt geprägt war.«

Tränen traten ihm in die Augen. Als sein Blick wieder klar wurde, waren die drei Frauen verschwunden. Er hob seine Hände, spürte verzweifelten Trotz. Für das eigene Versagen dürfe es dennoch weder Entschuldigung noch Trost geben, aber eine weibliche Stimme, in der er seine Schwester Veronika erkannte, besänftigte und ermahnte ihn, die eigene Haltung nicht über alle anderen zu stellen. Wie dachten sie, sein Vater, sein Abt, seine Konfratres und seine Schüler von ihm? Wie würden ihn die Nachgeborenen beurteilen? Und was daran blieb wichtig, wenn er demnächst sterben würde? Würden ihm solche Vermutungen oder auch Gewissheiten helfen, leichter hinüberzugehen? Der Klang ihrer Stimme war sanft und einschmeichelnd.

»Mehr als deine gute Arbeit konntest du nicht tun.«

Eine große Leichtigkeit kam über ihn.

Da hörte er die Kirchenglocken von Heinzendorf läuten und sah sich durch das hohe Gras rennen. Man erreichte die große Blumenwiese über einen schmalen Feldweg. Sie stand in bunter Pracht, Margeriten, Klatschmohn und Kornblumen blühten. Bei den Ginsterbüschen warf er sich auf den Boden. Mit offenen Augen auf der Erde liegend tauchte er in die fremde Welt dort unten ein, die Grasbüschel und das Wurzelwerk wirkten riesig, geschäftige Ameisen, Tausendfüßler mit flinken Beinen und vorgestreckten Fühlern sowie gepanzerte Asseln waren zwischen den eng stehenden Halmen unterwegs, die ihnen so groß vorkommen mussten wie dem Menschen Baumstämme. Und von dort hinten, er hielt die Luft an, kroch ein Goldschmied heran, Carabus auratus. Grün metallisch schimmerten seine Flügeldecken, auf seinen weit ausgestellten, dreigliedrigen Beinen arbeitete er sich schwankend vorwärts, die Umgebung mit seinen Fühlern abtastend. Gregor wartete, bis der Käfer hinter dem Busch verschwunden war, dann drehte er sich auf den Rücken. Die Sonne schien ihm geradewegs ins Gesicht, er blinzelte und kniff die Augenlider zu einem schmalen Schlitz, bis sich ihre Strahlen zu einem feurig-gelben Farbspiel verflüchtigt hatten.

»Gefunden!«

Jetzt war auch sie gekommen. Er spürte Veronikas warme Hände auf seinen Backen. Sie war von hinten an ihn herangetreten. Zärtlich strich sie ihm über das Gesicht und deckte schließlich seine Augen zu. Eine plötzliche Dunkelheit umfing ihn, durchbrochen von rot umrandeten Lichtpunkten, dem Nachhall des Sonnenlichts. Ihre Hände rochen nach Erde und Wiesenkraut.

Jetzt endlich verstand er. Diese Eindrücke und das damit verbundene Gefühl hatten ihn stets begleitet. Wie eine Leuchtspur zogen sie sich durch sein Leben. Immer wieder anders, immer wieder neu, aber so oder so ähnlich, wenn er sich draußen im Garten, im Wald oder Feld aufhielt: Geborgen im Schoß der Natur.

Er schlug die Augen auf, erkannte das Coupé, erinnerte sich an seine Reise, sah hinaus und versuchte sich zu orientieren. Der Zug erklomm eine Steigung, sie näherten sich Brünn. Fast zwei Stunden lang hatte er geschlafen. Jetzt erst bemerkte er eine blasse junge Frau, die ihm gegenübersaß. Offenbar erschöpft und übernächtigt war auch sie eingeschlafen, ihr Kopf lehnte am Seitenpolster. Auf ihrem Schoß hielt sie ein kleines Kind, ein Mädchen. Ihre Haube hatte sie vom Kopf gezerrt, sie hing an rosafarbenen Bändern um ihren Hals. Der nun langsam fahrende Zug wiegte die beiden sacht hin und her. Auch die Kleine war offenbar gerade aufgewacht, sie strampelte, streckte dann ruckartig die Beine nach vorne und machte sie steif, ruderte mit den Ärmchen und bewegte sie in einer Art unbeholfenem Flügelschlag. Ihre Backen waren gerötet, das noch spärliche dunkle Haar hatte sich auf ihrer Stirn zu einer Locke geringelt. Alles in ihrem runden Gesicht war frisch und rosig. Bewegt nahm Abt Gregor die Kleine in Augenschein. Um das Unterarmgelenk zog sich eine Speckfurche, mit ihren zarten Fingern versuchte sie ihren Fuß zu erhaschen, dieses bewegliche, scheinbar Fremde, das zappelnd immer wieder in ihr Blickfeld geriet. Sie krümmte das Bein nach innen und patschte auf die Sohlen, die in gehäkelten Söckchen steckten.

Der Prälat konnte gar nicht anders, als sich vorzubeugen, um ihr näher zu sein. Ihr Geruch war betörend, weich, milchig, kreatürlich, dabei rein und unverdorben. Das Mädchen sah den großen Kopf des alten Abts über sich, fasste nach seiner goldumrandeten Brille, hielt jedoch plötzlich inne, als dürfe sie das nicht, und lag ganz still da. Lange Zeit, so schien es ihm, ruhte ihr Blick unverwandt auf ihm. Ihre dunklen Augen bildeten einen vollkommenen Spiegel, in dem er nur sich selbst sah, denn sie forderte keine Erwiderung, sie wusste nichts von einer Verbindung zweier Menschen und dem sprechenden Austausch ihres Gebärdenspiels, und so richtete sich das ungeteilte Interesse eines Wesens auf ihn, das vollständig in sich ruhte. Noch nie hatte er eine größere Linderung verspürt als in der Hingabe an dieses unbekannte Kind. Er fühlte sich durchschaut, zugleich aber angenommen, sie wusste alles über ihn und die Welt, mit der sie so eins war.

Die schlafende Mutter fuhr hoch, musterte erstaunt den alten Mann, bemerkte jedoch in seiner Miene die freundliche Anteilnahme, die er ihrem Kind entgegenbrachte.

»Entschuldigen Sie, ich bin eingeschlafen.«

Sie zog das Mädchen enger an sich, so als komme ihr erst jetzt zu Bewusstsein, dass sie es im Schlafe hätte fallen lassen können. Der Zug fuhr über das fast einen Kilometer lang geführte Viadukt, auf dem man wie auf einer Rampe das Glacis von Brünn erreichte.

»Darf ich?«, fragte er.

Die Mutter verstand sofort und nickte. Der Abt beugte sich ganz weit nach vorne und küsste das Mädchen auf die Stirn.

Der Zug hielt. Rasch stand die junge Frau auf, raffte ihr Gepäck zusammen, stemmte ihr Kind in die Hüfte und ließ sich von dem herbeigeeilten Ullmann aus dem Coupé helfen.

»Euer Gnaden?«

Der Kondukteur streckte die Hand aus, um Gregor Mendel aus dem Waggon zu hieven. Der jedoch schüttelte den Kopf.

»Lassen Sie nur, ich werde abgeholt!«